esther spinner

meine mutter hat meinem vater mit einer pfanne das leben gerettet

esther spinner

meine mutter
hat meinem vater
mit einer pfanne
das leben gerettet

roman

eFeF-verlag

Autorin und Verlag danken für die Unterstützung von MIGROS Kulturprozent, Stadt Zürich, Pro Helvetia und Stuttgarter SchriftstellerInnenhaus.

Die Deutsche Bibliothek – CIP-Einheitsaufnahme

Spinner, Esther:
Meine Mutter hat meinem Vater mit einer Pfanne das Leben gerettet : Roman / Esther Spinner. – 1. Aufl. – Bern : eFeF-Verl., 1996
ISBN 3-905561-01-8

Umschlaggestaltung: Christina Meili, Zürich
Lektorat: Heidi Lauper, Bern
Satz: Ulrike Helmer, Königstein/Ts.
Druck: Clausen & Bosse, Leck

Zigaretten für mama und papa muß ich bei fräulein Zimmermann kaufen. ihr enger laden ist gegenüber der glätterei. sie ist nie allein. immer stehen rauchende männer im laden. wenn ich hereinkomme, sehe ich zuerst kaum etwas, weil der düstere raum ganz vernebelt ist. erst nach einer weile sehe ich die männer. immer tragen sie dunkle anzüge, und immer rauchen sie dicke zigarren. fräulein Zimmermann sehe ich gar nicht. einer der männer dreht mir den kopf zu, schubst seinen nachbarn, und der kreis öffnet sich. fräulein Zimmermann drückt sich zwischen zwei männern durch und geht hinter den ladentisch.
sie ist sehr klein und hat graue gewellte haare, die wie festgeklebt aussehen. Klara behauptet, sie trage eine perücke. immer trägt sie eine dunkelblaue kittelschürze und dunkle strümpfe. die nähte sind schief und die absätze der schuhe abgetreten. in der linken hand hält sie eine zigarette, mit der andern greift sie ins gestell und reicht mir vier pakete Colonial ohne filter. ich brauche gar nichts zu sagen, sie weiß, was ich brauche. nur ganz selten lächelt sie, und dann sehe ich ihre braun verfärbten zähne. während sie mich bedient, schaut sie zu den männern hin. die flüstern zusammen und mustern mich von oben bis unten.
immer am dienstag muß ich auch das Problem kaufen. das ist ein kleines heft mit rätseln. mama löst die silbenrätsel allein. freitagabends sitzt sie mit papa im herrenzimmer.
deutscher dichter, sagt mama, mit fünf buchstaben, der zweite ein e.

Heine, sagt papa nach kurzem nachdenken.
paßt nicht, sagt mama, da ist noch ein s nach dem e.
Hesse, sagt papa, wenn du das sofort gesagt hättest.
später löst papa die bilderrätsel. da ist zum beispiel ein hund gezeichnet, und daneben steht eine durchgestrichene eins. das bedeutet, daß der erste buchstabe von hund gestrichen werden muß, und dann bleibt und. mehrere solche bilder ergeben ein sprichwort. mama löst die bilderrätsel nicht gern.
wenn ich sage: noch das Problem bitte, lachen die männer in fräulein Zimmermanns laden. sie reicht mir das heftchen zusammen mit dem wechselgeld. ich gehe hinaus und spüre die männerblicke auf meinem rücken.
in der glätterei frage ich: was tun eigentlich alle die männer bei fräulein Zimmermann?
das frage ich mich auch, sagt tante Rosa, die hat wohl nichts gescheiteres zu tun als herumzupoussieren. die würde besser ihren laden abstauben.
Rosa, sagt mama und zeigt so mit dem kinn auf mich, daß es nur tante Rosa merken soll und ich nicht: einkaufen werden sie, kind, was denn sonst, zigarren und tabak und zündhölzer.

meine schwester hat dichte blonde haare, die sie zu einem roßschwanz oder zu zöpfen zusammenbindet. wenn die sonne in ihre haare scheint, leuchten sie golden. onkel

Max sagt, sie habe haare wie ein ährenfeld. ihre wangen sind immer rot, und darüber ärgert sie sich. ich sehe aus wie ein landei, sagt sie. sie beneidet mich, weil ich immer blaß bin.
sie möchte am liebsten dirigentin werden, doch das ist kein beruf für eine frau. deshalb wird sie lehrerin, und später eine berühmte schlagersängerin. das darf ich niemandem sagen.
Kurti geht in den kindergarten. er hat auch blonde haare, die von seinem kopf abstehen wie bei einem meerschweinchen. er sieht blöd aus, weil er immer durch den offenen mund atmet. das ist wegen der polypen und der mandeln. die sollen operiert werden, und dann wird er den mund zumachen zum atmen.
Kurti heult viel. meine schwester sagt, er sei ein hosenscheißer. sie traut ihm nicht, weil er alles weitererzählt, was er nicht erzählen sollte.
auf dich ist mehr verlaß, sagt sie zu mir, aber auch nicht immer.
ich bin die mittlere. meine haare sind mausbraun und dünn, und meine zöpfe sehen aus wie rattenschwänze.

am sonntag fahren wir an den Ägerisee.
du wirst sehen, Nellie, das wär' etwas für die sommerferien, sagt papa, die wohnung soll direkt am see sein.
unterwegs singen wir 'Aus dem Dörfchen da drüben' und 'Hab' Sonne im Herzen'. Klara singt erste stimme, mama zweite. Kurti soll still sein, und ich soll nur leise mitsingen, weil wir beide

falsch singen. papa brummt baß. manchmal muß er hupen und mit dem zeigefinger an die stirn tippen. sonntagsfahrer, sagt er. und: frau am steuer, ungeheuer.

die straße trennt das haus vom see. auf der großen wiese hinter dem haus blühen die apfelbäume. die bäuerin sagt, daß ihre kinder hier groß geworden seien, es sei nicht gefährlicher als an anderen orten. sie führt uns durch die kleinen holzgetäferten zimmer. in der stube steht ein kachelofen. papa erklärt, wie er geheizt werden muß. auf der laube, hinter der tür, in die ein herz geschnitten ist, versteckt sich ein plumpsklo. Klara schnuppert und verzieht das gesicht.

papa geht voraus die knarrende treppe hinunter. er will den stall sehen. bremsen quietschen, und jemand schreit. papa geht mit großen schritten um die hausecke.

mama ruft nach Kurti. die bäuerin findet ihn vor dem kaninchenstall. mama zerrt ihn am arm hoch und hält ihn fest. Kurti heult.

herrje, sagt die bäuerin, es wird wohl nicht so schlimm sein, da bremst es immer wieder, auf dieser straße.

papa kommt zurück, und macht mama zeichen mit den augen.

was ist denn los? fragt Klara.

was seh' ich denn da, sagt papa und zeigt auf die wiese: schlüsselblumen. wie wär's mit einem hübschen strauß? er zwinkert der bäuerin zu. diese nickt: geht nur, es hat genug.

Klara und ich gehen über die wiese. nie sagen sie, was los ist,

murrt Klara, sie behandeln uns wie wickelkinder. ich sage nichts. mit unseren sträußen steigen wir ins auto. Kurti winkt der bäuerin durch das heckfenster. da will ich hin, sagt er, wegen den kaninchen.
auf der straße liegt etwas unter einem weißen tuch. leute stehen in gruppen herum, eine frau weint laut.
dahin fahren wir nicht in die ferien, sagt mama bestimmt.

großpapas kopf ist rund und glänzend. von ohr zu ohr führt ein schmaler weißer haarkranz. glatze mit gartenzaun, sagt papa, wenn großpapa nicht dabei ist.
großmama hat ihre gelbgrauen haare hinten zusammengesteckt. ständig fallen ihr haarnadeln aus diesem vogelnest.
großpapa steht hinter mir, wenn ich aufgaben mache. ich muß am küchentisch sitzen. sonst mache ich meine aufgaben in der stube, aber die großeltern sagen, daß die küche für ein kind gut genug sei und daß sie ihre aufgaben auch immer in der küche gemacht hätten.
mama und papa sind nach genf gefahren, weil tante Iselles mann erlöst worden ist. deshalb befehlen bei uns jetzt die großeltern.
großpapa steht hinter mir und schaut zu, wie ich schreibe. ich kann nicht gut schreiben, wenn er zuschaut, und noch weniger rechnen. wenn ich falsch zusammenzähle, klopft er mit einem lineal auf meine fingerknöchel.

wenn die großeltern da sind, mache ich alles falsch. großmama sagt, ich sei genauso starrköpfig wie mein vater. wenn Kurti mich an den haaren reißt oder in den finger beißt, sagt großmama, ich sei schuld, weil ich ein schlechtes vorbild sei. Klara ist ein gutes vorbild. sie streitet nicht mit Kurti, weil das unter ihrer würde ist.

großmama sagt, Klara trage nicht nur ihren namen, sie gleiche ihr auch. solche goldleuchtenden haare habe sie früher auch gehabt. ich kann mir nicht vorstellen, daß großmamas haar einmal aussah wie ein ährenfeld. großmama sagt, papa vertrage sich mit Klara nicht, weil Klara eben sei wie seine schwiegermutter. damit meint sie sich selbst.

nach den aufgaben darf ich lesen. zu Eliane darf ich nicht gehen, weil die großeltern sagen, sie sei kein umgang für mich. auch zu tante Rosa darf ich nicht gehen, weil ich sie stören könnte. ich lege mich aufs bett und nehme mein buch. großmama sitzt neben dem bett und strickt etwas graues. wenn ich einen finger in den mund nehme, pikst sie mich mit ihrer nadel. sie sagt, sie werde mir das nägelbeißen schon abgewöhnen.

am samstag besuchen wir das gröseli. gröseli ist die mutter von großmama und sehr alt. sie ist unsere urgroßmutter.

wir fahren mit dem zug, und dann gehen wir zu fuß. Kurti will nicht laufen. großpapa setzt ihn auf seine schultern. Klara geht voraus mit schwingendem rock und geradem rücken. sie summt einen schlager vor sich hin. großmama zupft an meinen kleidern herum. die bluse steckt nicht richtig im rock, ein zopf hat sich gelöst. und hier, sagt sie, ein fleck im gesicht, was hast du nur gemacht. sie zieht ein taschentuch aus ihrer handtasche und spuckt darauf. dann fährt sie mir mit ihrer spucke über die wange. mich ekelt, aber ich wehre mich nicht, weil großmama sonst böse wird. so, sagt sie, und stopft das taschentuch in die handtasche zurück: nimm dir ein beispiel an deiner schwester.

gröselis haus ist mit efeu bewachsen. eine weißgekleidete frau begrüßt uns und führt uns die treppen hinauf. es riecht nach kaffee und nach abort. gröseli liegt im bett. sie ist sehr klein, und ihr gesicht ist verschrumpelt. wir geben ihr die hand.

was wollt ihr hier? fragt das gröseli.

achherrje, sagt großmama, jetzt kennt sie uns nicht einmal.

gröseli guckt uns der reihe nach an, dann winkt sie mir. mit ihren mageren fleckigen händen zieht sie an meinen zöpfen. ich muß den kopf beugen. sie flüstert mir zu: sie haben meine uhr gestohlen, jawohl, gestohlen.

aber da hängt ja eine uhr, sage ich.

gröseli gibt mir einen stoß: du dummes meitli du, das ist nicht meine uhr. gestohlen haben sie mir meine uhr.

sie fantasiert, sagt großmama, sie weiß nicht einmal, wer wir sind.

Klara verbeißt sich das lachen. gröseli fährt mit den händen

unter die bettdecke und zieht eine tafel schokolade hervor. sie winkt mir wieder: da, nimm, für dich, manchmal kann ich etwas auf die seite legen, ohne daß sie es merken.
sie zwinkert mir zu und drückt mir die warme tafel in die hand. eine ecke der schokolade ist geschmolzen, das papier hat fettringe. Kurti ist unter den tisch gekrochen. großmama erklärt gröseli, wer wir sind. gröseli läßt ihre knopfaugen flink über uns alle wandern. plötzlich setzt sie sich auf und zeigt auf Kurti: der da, der ist es gewesen, der hat meine uhr gestohlen.
sie kreischt laut auf und läßt sich in die kissen zurückfallen. großpapa zieht Kurti unter dem tisch hervor: was hast du in der hand? zeig her.
Kurti heult auf: ich habe sie gefunden, sie gehört mir.
großpapa zwingt Kurtis faust auf. eine schrumpelige kastanie fällt zu boden.
er hat meine uhr gestohlen, murmelt gröseli, er war's, er war's.
hinter vorgehaltener hand beginnt Klara zu prusten.

nach vier tagen kommen mama und papa von Genf zurück. papa ist ganz aufgeregt.
habt ihr das gehört? fragt er, einen menschen haben sie um die welt geschossen, habt ihr das gehört?
wir wissen nichts davon, weil wir ohne papa keine nachrichten hören. papa erklärt uns, daß die Russen einen mann in einem sputnik um die erde geschickt haben.

ist das anders als mit dem flugzeug? frage ich.
und wie, sagt papa, das ist ein technisches wunder. und ausgerechnet die Russen. jetzt bin ich nur gespannt, was der Kennedy dazu sagt.
er geht mit onkel Max ins herrenzimmer. sie blättern in verschiedenen zeitungen und hören radio.
ich bin froh, daß mama und papa zurück sind.

Schon wieder erdbeeren, sagt Klara.
wenn du nur nicht immer reklamieren würdest, sagt mama.
ist doch wahr, jeden tag erdbeeren, erdbeeren und wieder erdbeeren.
mama stellt den vanillepudding auf den tisch: juni ist halt erdbeerzeit, sagt sie, ich weiß gar nicht, was du willst, etwa erdbeeren an weihnachten essen?
Klara schöpft sich erdbeeren und spuckt den ersten mundvoll aus.
jetzt reicht es, sagt mama, benimm dich, was fällt dir eigentlich ein?
Kurti spuckt ebenfalls, und Klara sagt: gesalzen. sie geht zum spülstein und spült sich den mund mit wasser.
wirklich wahr? fragt mama.
sicher, sagt Kurti.

mama probiert eine erdbeere und verzieht den mund: allerdings, gesalzen. sie wäscht die beeren unter dem fließenden wasser: die können wir trotzdem noch essen, denkt nur an alle die kinder, die gar nichts zu essen haben.
ich versuche einen löffel vanillepudding: auch gesalzen.
erdbeeren und butterbrote, sagt mama lachend, warum nicht.
Klara sagt: ich verzichte.
komm sofort zurück, schreit mama hinter ihr her.

wir essen die gewaschenen beeren, und dann rennt mama in die glätterei. wir müssen unsere ämtli machen. eine muß das geschirr spülen vom frühstück und vom mittagessen, die andere muß alle betten machen. jede woche tauschen wir. Kurti muß nur die katzenkiste säubern, weil er zu klein ist für ein richtiges ämtli und dazu ein bub.
wenn Klara keine lust hat, gibt sie mir zwanzig rappen, damit ich ihre arbeit mache. manchmal lockt sie Kurti in die küche. sie erzählt ihm eine geschichte, und dafür trocknet er ab. sie ist schnell fertig und läßt ihn stehen mit dem geschirr und der halbfertigen geschichte. Kurti weint. er braucht lange, um alles abzutrocknen. ich räume die teller weg, weil er zu klein ist und nicht bis zum tablar hinaufreicht.
Klara braucht die mittagszeit, um sich zurechtzumachen. sie biegt die wimpern nach oben mit einer gebogenen klemme. sie zupft die augenbrauen aus. das schminken hat ihr mama verbo-

ten, aber sie tut es doch. sie nimmt mamas lippenstift von der kommode, und auf die lider malt sie einen strich mit schwarzer schuhcreme. sie pudert ihre roten backen mit weißem körperpuder. sie bürstet lange ihre haare und schimpft über die gespaltenen haarspitzen. das kommt vom billigen Kögelmeier-shampoo, sagt sie.

Kögelmeier hat einen laden für hausierer. weil wir im selben haus wohnen, dürfen wir auch bei ihm einkaufen. im laden riecht es nach seife und putzmitteln. hinter der langen theke stehen fünf verkäuferinnen in dunklen schürzen und herr Kögelmeier selbst. die leute kaufen schuhbändel und seife und handtücher im dutzend. die verkäuferinnen schlagen die ware in dickes braunes papier ein. ich drücke mich in eine ecke und schaue zu. herr Kögelmeier sieht mich und schenkt mir einen schlüsselanhänger oder eine angeschlagene seife. die verkäuferinnen gehen hin und her zwischen den langen holzgestellen. viele flaschen von unserem shampoo stehen aufgereiht im gestell. das shampoo ist rot und heißt apfelshampoo. daneben stehen die flaschen mit dem grünen fichtennadelbadezusatz. den benutzen wir auch.

wir kaufen nicht alles bei Kögelmeier. wir müssen die kundinnen und kunden von mama und tante Rosa berücksichtigen. frau Steiger ist eine sehr gute kundin, sie bringt alle hemden ihres mannes zum bügeln. wir kaufen bei ihr das rasierwasser für

papa und die Camelia rose und mamas gesichtscreme. frau Steiger redet und redet, und Klara und ich nennen sie frau wasserfall, wenn es mama und tante Rosa nicht hören. frau wasserfall schenkt mir bonbons gegen den husten. sie sind so stark, daß ich von den bonbons husten muß. an der nächsten ecke spucke ich sie aus. ich habe einen geschmack im mund wie frisch gewaschen.
vor der schule muß ich Kurti in die glätterei bringen. Klara kann sich nicht zeigen wegen der schuhcreme und dem körperpuder. Kurti will unbedingt das spiel mitnehmen, das ihm tante Loni geschenkt hat: ein tierkörper aus holz, dem verschiedene beine und köpfe angeschraubt werden können, so daß der esel zum löwen und der hund zum pferd wird. ich sage nein und zerre ihn aus der wohnung. Kurti brüllt. frau Ziegler, die neben uns wohnt, öffnet die tür und fragt, was ich denn mit meinem armen brüderchen tue. sie möchte nicht mein brüderchen sein, sagt sie. Kurti brüllt lauter, ich zerre ihn durch das treppenhaus und renne mit ihm bis zur glätterei.

unter der woche ist papa meistens fort, weil er reisender ist. freitagnachmittag kommt er nach hause und setzt sich an das große schwarze pult im herrenzimmer. er schreibt seinen rapport, den ich nachher in den briefkasten werfen muß. dann

telefoniert er und macht seine rendezvous ab für die nächste woche.
nach dem abendessen sitzt er im roten sessel unter der ständerlampe. der sessel ist ganz aufgerauht, weil Johnny seine krallen daran wetzt. wir haben bouclé-polster, sagt mama. Johnny sitzt auf papas knien, und nachts schläft er in seinem bett. bei uns darf Johnny nicht schlafen, weil es ungesund ist.
Johnny heißt Johnny, weil Klara es so wollte, aber später entdeckte papa, daß Johnny ein weibchen ist. er schlug vor, sie in Nera umzutaufen, das sei italienisch und bedeute schwarz. Klara sagte, das sei ihr zu blöd, eine schwarze katze schwarz zu nennen. darum heißt Johnny immer noch Johnny.
bevor papa in den sessel sitzt und die zeitung nimmt, zieht er die standuhr auf. sie ist so hoch wie papa und schwarz wie der bücherschrank und das pult. Klara sagt, sie sehe aus wie ein sarg. ich habe noch nie einen sarg gesehen.
wenn ich ganz ruhig bin, darf ich mich mit meinem buch ins herrenzimmer setzen. nach einer weile sagt papa: was tust du hier? warum bist du nicht in der küche und hilfst deiner mutter?
ich gehe in die küche. mama steht am spültrog. hast du nichts besseres zu tun, als dich hier herumzutreiben? fragt sie. du stehst mir im weg.
ich gehe zurück ins herrenzimmer. papa schickt mich wieder in die küche. ich gehe in unser schlafzimmer und lege mich aufs

bett oder auf den boden und lese. Klara schimpft, weil mein atmen sie beim schreiben störe.
später kommt mama aus der küche und sagt: wo sind eigentlich die mädchen? ich verstehe nicht, daß sie sich immer verstecken müssen.
sie setzt sich in den zweiten bouclé-sessel und zündet sich eine zigarette an.

Eliane ist meine beste freundin. sie wohnt im ersten stock mit ihrer mutter. einen vater hat sie nicht. mama sieht nicht gern, daß ich immer mit ihr zusammen bin.
manchmal hilft mir Eliane zuerst bei meinem ämtli, und danach helfe ich ihr. auch sie muß abwaschen und betten machen. mama sagt, frau Mandel sei eine schlechte hausfrau. ihre türen seien schmutzig und die fenster blind. frau Mandel trägt oft ein rotes béret. tante Rosa sagt, bei einer geschiedenen sei das der gipfel der frechheit.
frau Mandels schlafzimmer ist zugleich die stube. über dem bett liegt eine gemusterte decke. das bett ist nicht so schmal wie meines, aber auch nicht so breit wie das von mama und papa.
Eliane und ich trinken kalte ovomaltine und hören Tschaikowsky. wir legen immer wieder das Capriccio Italien auf. die musik macht mich glücklich und auch ein bißchen traurig. so fühle ich mich oft, wenn ich mit Eliane zusammen bin.

wir erzählen uns, was wir im leben tun wollen. Eliane sagt, daß sie auf keinen fall so leben wolle, wie meine eltern oder ihre mutter. sie wolle etwas ganz besonderes werden, schriftstellerin zum beispiel oder schauspielerin, aber eine richtige schauspielerin, nicht wie Klara, die filmschauspielerin werden will. Eliane sagt, die könnten gar nichts. sie will in einem richtigen theater auftreten. sie war mit ihrer mutter im schauspielhaus, und da hat sie gesehen, wie richtig theater gespielt wird. sie wolle in der welt herum reisen und berühmt sein.
ich habe das buch 'Der große weiße Doktor' gelesen, und seither will ich zu Albert Schweitzer in den urwald. ich stelle es mir schön vor, den armen negerkindern zu helfen, und Albert Schweitzer ist dabei auch berühmt geworden. Eliane sagt, das sei blödsinn. wahrscheinlich könnten die in Afrika sich sehr gut selbst helfen. ich sage, sie denke nur an sich und habe kein mitleid mit den armen. Eliane sagt, das stimme nicht, theaterspielen sei auch für die anderen, für das publikum. eine gute schauspielerin mache die leute froh. dazu kann ich nichts sagen, weil ich noch nie im theater war. sie legt zum sechsten mal das Capriccio auf. wir schweigen.
dann geht Eliane zum büchergestell, das die ganze wand einnimmt, und zieht ein buch hervor. hör mal, sagt sie. sie liest vor von einem mann, der eine frau auszieht bis auf die knöpfchenstiefelchen und sie aufs bett wirft.
und dann? frage ich.

sie zuckt die achseln: dann kommt ein neues kapitel.
meinst du, wir dürfen das lesen?
sie zuckt wieder die achseln: es steht im gestell. und es ist richtige literatur, weißt du, von einem Franzosen, Maupassant.
beim zuhören hatte ich ein komisches gefühl. mein bauch zog sich zusammen und wurde zugleich ganz warm.
soll ich es nochmals lesen? fragt Eliane. ich nicke.
und was tun sie jetzt?
das, was frau und mann zusammen im bett tun.
weißt du, wie das geht?
nicht genau, sagt Eliane, also der mann steckt sein dings in die frau, etwa so.
und dann gibt es kinder?
nicht immer, aber frag doch mal Klara, die weiß bescheid in solchen dingen.
und die knöpfchenstiefelchen, sage ich, das ist doch unbequem, mit den schuhen im bett zu liegen.
vielleicht ist es auch gar nicht wahr, sagt Eliane und stellt das buch ins gestell zurück: vielleicht hat er alles einfach erfunden. aber trotzdem, du fragst sie?
ich nicke.
frau Mandel kommt nach hause und schimpft mit Eliane, weil sie den plattenspieler nicht abgestellt hat. ich mache mich ganz klein und verschwinde.

Wenn ich sage, bis zur konfirmation, meine ich bis zur konfirmation, sagt papa.

aber alle tragen kurze haare.

Klara, sagt mama. und zu papa gewandt: es ist schon wahr, Albert, kurze haare wären praktischer.

ich habe gesagt, bis zur konfirmation, und dabei bleibt es.

du bist hoffnungslos veraltet, sagt Klara.

papa wirft mit dem zweipfünder nach ihr. sie duckt sich. das dunkle brot fliegt an ihrem kopf vorbei und landet auf dem polierten nußbaumbuffet.

ich halte mich fest an messer und gabel. Kurti zieht hörbar die luft ein.

papa sagt: steh auf und bring mir das brot.

meine schwester schiebt sich salat in den mund. sie antwortet nicht.

steh auf und bring mir das brot.

sie kaut.

papa steht auf und geht mit schweren schritten um den tisch. Kurti rutscht vom stuhl und schlüpft durch den türspalt hinaus.

papa steht neben Klara: steh auf und gib mir das brot.

sie schaut zu ihm auf, schlenkert im kopfheben ihren einen zopf über die schulter. mit einem lächeln sagt sie: warum ich? du hast es doch geworfen, oder?

mama zischt mir zu: hinaus. ich löse meine beine von den stuhlbeinen. mein messer klirrt gegen den teller.

ich gehe in die küche und schließe die tür. ich mache absichtlich lärm mit den schmutzigen kochtöpfen. Kurti kommt aus dem speisekämmerchen und sieht mir zu. ich habe hunger, sagt er. mama bringt unsere teller und das besteck. Kurti und ich essen am küchentisch. wir schneiden grimassen, damit wir lachen müssen.

auf zehenspitzen gehen wir durch den korridor. papa sitzt im herrenzimmer im roten sessel. er liest die zeitung. ich sehe seine beine, seine füße in den braunen hausschuhen, seine hände, welche die zeitung halten.
im badezimmer putzen wir die zähne. mama sagt: geht nur grad zu bett, ihr müßt ihn jetzt nicht stören.
Klara hat sich unter der decke verkrochen und sich zur wand gedreht. ich ziehe mich aus und schlüpfe ins bett. mama setzt sich mit Kurti auf die bettkante. ich bete: müde bin ich, geh' zur ruh, schließe beide äuglein zu, vater laß die augen dein über meinem bette sein, deine gnad und deine huld decken alle meine schuld.

am nächsten tag sagt mama, Klara solle lernen, ihre zunge im zaum zu halten, sie sei wohl den zigeunern vom wagen gefallen. verlieren denn die zigeuner einfach ihre kinder? fragt Kurti.
die zigeuner, sagt mama, die halten sich an gar nichts, genau wie Klara, die tun immer nur, was ihnen grad paßt.

Klara sagt: vielleicht würd' es mir bei den zigeunern besser gefallen.
ich weiß gar nicht, womit ich euch verdient habe, sagt mama seufzend, die Klara gehorcht nicht, und die Lettie ist so ungeschickt.
und ich, bin ich auch den zigeunern vom wagen gefallen? fragt Kurti. mama nimmt ihn in die arme: du bist doch mein liebes tigerkind, sagt sie. sie spielen zusammen gefährlichen tiger. dieses spiel hat mama für Kurti erfunden. mit mir spielt sie es nie, sie sagt, ich sei zu groß dafür. ich gehe hinaus. ich mag nicht sehen, wie Kurti auf mamas schoß sitzt und sie in die ohren beißt.

tante Rosa bügelt, mama spritzt wäsche ein. ein langer schlauch ist am wasserhahn festgeschraubt. vorne sieht er aus wie eine pistole. mama drückt, und ein dünner wasserstrahl schießt über die hemden. wenn es so heiß ist wie heute, besprühen sich mama und tante Rosa die nackten arme und die gesichter.
ich helfe mama, die pakete in den alten kinderwagen zu schichten. dabei darf nichts zerknittert werden. unterwegs muß ich pressieren, aber auch aufpassen, daß der wagen nicht kippt und nichts zerdrückt wird. ich muß die pakete sorgfältig aus dem wagen nehmen und flach auf dem arm zu den leuten tragen. manchmal sind die pakete schwer. schlimm ist es, wenn es reg-

net, dann muß ich noch vorsichtiger sein als sonst.
tante Rosa sagt: wie siehst du denn aus. sie stellt das bügeleisen weg und sucht nach dem kamm in ihrer schürzentasche. ich muß das gesicht und die hände und manchmal auch die knie waschen. in tante Rosas küche ist es eng. seit sie bei uns ausgezogen ist, bewohnt sie die zwei zimmerchen hinter der glätterei. eines ist küche und stube zugleich, das andere das schlafzimmer.
es ist eine schande, sagt mama, die leute zerreißen sich die mäuler, wo wir doch eine so große wohnung haben. dann macht mama ihren schmalen mund: sie muß nur nicht meinen, sie könne zurückkommen, wenn es ihr paßt.
mama kontrolliert, ob ich ordentlich aussehe, und dann kann ich losziehen.
ich muß bis zur Zwinglistraße gehen, das ist die halbe Langstraße hinunter. die Langstraße ist genau einen kilometer lang. in der dritten klasse mußten wir die ganze Langstraße ablaufen, um in den beinen zu spüren, wie lang ein kilometer ist.
ich habe noch drei pakete abzuliefern. im hausgang ist es düster. eine schwache glühbirne beleuchtet trübe dunkelgrüne wände. ich steige mit meinem paket in den dritten stock und klingle. niemand öffnet. ich klingle nochmals, dann lege ich das paket vor die tür. ich renne die treppen hinunter. ich muß immer schnell machen, weil der wagen vor der tür gestohlen werden könnte.
mit dem rücken zur haustür steht ein mann. er sagt, er wolle mir

etwas zeigen, ich solle mit ihm in den keller kommen. ich will nicht mit ihm in den keller. ich gehe rückwärts zur treppe. er kommt näher und streckt eine hand nach mir aus. die andere hand legt er zwischen seine beine.
oben im haus geht eine tür. der mann hebt den kopf und läßt seine augen von mir. ich drücke mich an ihm vorbei und reiße die haustür auf. ich renne bis zur glätterei.
was ist denn dir passiert? fragt mama.
schluchzend sage ich: ein mann war da, der wollte mich nicht hinauslassen.
der hätte dir sicher nichts getan, sagt mama, es ist ja noch nicht einmal sieben uhr. sie wischt mir mit ihrem taschentuch die tränen ab.
jesses kind, und der wagen? und noch ware drin? tante Rosa bindet ihre schürze los und geht hinaus.

beim abendessen sagt Kurti Carla zu Klara. es ist freitag, und papa ist zu hause, weil er samstags nicht auf die reise geht. nächste woche reist er nach Bern und ins Berner Oberland. er reist mit koffern voller schuhe. wir haben alle musterschuhe bekommen, die er günstig kaufen kann. einmal reiste er mit lederhandtaschen und einmal mit kinderkleidern. wir haben viele taschen, teure modelle, sagt papa. Klara sagt, sie seien völlig aus der mode, wie die schuhe, die papa nach hause bringe.

wenn papa heimkommt, spielen wir aschenputtel, jede muß ihre füße zeigen, auch mama und tante Rosa. nur für Kurti bringt er keine schuhe. ausgerechnet, sagt mama, ausgerechnet für Kurti muß ich schuhe kaufen, wo er doch so komplizierte füße hat. Kurti ist stolz auf seine komplizierten füße. wenn Klara auf ihn wütend ist, sagt sie, er habe ganz gewöhnliche plattfüße, weil der wasserkopf auf die füße drücke.

mama geht mit Kurti zu Eichenbergers. frau Eichenberger ist kundin von mama und tante Rosa. Kurti probiert und probiert, und dann muß er seine füße in einen apparat stecken. oben ist eine öffnung, und die verkäuferin schaut durch und sagt, die schuhe seien zu groß oder zu klein oder gerade richtig. Kurti sagt: sie drücken. aber wenn der apparat sagt, sie seien richtig, sind sie richtig. ich strecke den fuß in den apparat und gucke hindurch. meine füße sind grün und durchsichtig, ich kann meine knöchelchen sehen. es wird mir unheimlich, so in mich hineinzusehen, und ich ziehe schnell den fuß heraus.

Kurti sagt Carla zu Klara, und papa fragt mit vollem mund: wie bitte?

Kurti zeigt auf Klara: so heißt sie jetzt.

meine schwester tritt mich gegen das schienbein, und ich weiß nicht, ob sie meint, ich hätte ihren neuen namen verraten, oder ob sie mich anstatt Kurti getreten hat.

und was soll das? fragt papa.

Klara wirft den kopf zurück: und warum nicht?

warum nicht? wiederholt papa mit lauter stimme, warum nicht? weil du einen schönen namen trägst, einen namen, den auch deine großmutter trägt, einen ehrenvollen namen, einen, den dir deine eltern ausgesucht haben, nicht so etwas neumodisches und affiges wie Carla.

Albert, flüstert mama.

ich bin doch nicht meine eigene großmutter, sagt Klara. und überhaupt, seit wann findest du großmama ehrenvoll, wir wissen doch alle, daß du sie nicht magst.

mama beißt sich auf die unterlippe. papa springt auf, der stuhl fällt polternd um. wir haben dich Klara getauft, und dabei bleibt es, schreit er und verschwindet türenschlagend im herrenzimmer.

bei uns wird sowieso niemand beim taufnamen genannt, mault Klara hinter ihm her.

mama heißt nämlich Alwine, aber alle sagen Nellie, und sie wird nicht gerne daran erinnert, daß sie Alwine getauft ist. wenn mama etwas unterschreiben muß, überlegt sie lange, welchen namen sie hinsetzen soll. ist es etwas offizielles, muß sie Alwine schreiben, sonst reicht Nellie. papa heißt Kurt wie sein vater. als aber sein bruder starb mit achtzehn jahren, da übernahm er seinen namen, und seither heißt papa Albert, aber das ist auch nichts offizielles. wenn ich in der schule gefragt werde, wie meine eltern heißen, muß ich überlegen und entscheiden, wie offiziell die frage ist, und dann einen namen nennen. manchmal komme ich vor lauter namen ganz durcheinander und sage Alwine und Albert oder Nellie und Kurt.

im bett spielen wir wunschkonzert. ich habe am liebsten die ansagen. wenn Klara sagt, daß der Fritz in Luzern etwas wünsche für die Erika in Chur, stelle ich mir den Fritz und die Erika vor. vielleicht sind sie verheiratet, und die Erika hat in Chur ihre schwester besucht. der Fritz wünscht sich Erikas lieblingsschlager, doch der wird erst gesendet, wenn Erika wieder zu hause ist, und nun sitzen sie zusammen vor dem radio und hören zu. oder sie haben sich in den ferien kennengelernt, und Fritz wünscht für Erika 'Du, du liegst mir am Herzen', und nun fragt er sich, ob Erika wohl zuhört. die hört zu und macht sich lustig über Fritz, wie sich meine schwester über die burschen lustig macht.
doch Klara macht die ansagen nicht gern, sie singt lieber. sie kennt alle schlager von Conny Froboeß und Peter Kraus. ich darf niemandem sagen, daß sie schlagersängerin werden will. auch Kurti darf es nicht wissen, weil er nicht zuverlässig ist. ich wünsche mir 'Ich esse gerne Sauerkraut' und 'Am Brunnen vor dem Tore'. Klara will nur den schlagerteil singen. sie singt leise das sauerkraut. ich habe es mir gewünscht, weil ich für Gus Backus schwärmen muß. alle mädchen schwärmen für einen schlagersänger, die meisten für Rex Gildo oder Peter Kraus. ich habe Gus Backus ausgewählt, weil er mir leid tut. Klara hat ihn aus dem

Bravo ausgeschnitten und zusammengeklebt, jetzt hängt er über meinem bett. ich schaue ihn nie an, nur manchmal.
Klara wird sicher eine berühmte schlagesängerin. vielleicht wird sie auch eine filmschauspielerin wie Brigitte Bardot oder Sophia Loren. Klaras brüste sind noch nicht sehr groß, aber schon sichtbar. ich bin noch ganz flach. manchmal tröstet sie mich und sagt, das komme schon noch. manchmal sagt sie: vermutlich bleibst du ein brett.

Klara hat schrägstehende augen. das ist etwas besonderes. sie beißt sich auf die lippen, damit sie rot werden. sie kauft zuckererdbeeren, die färben ab beim schlecken. zeig her, sagt mama, hast du lippenstift drauf? wenn mama sieht, daß es zuckererdbeer ist, ist sie beruhigt. Klara sagt, wenn sie ins seminar gehe, werde alles anders. sie werde sich nach der konfirmation die haare schneiden und sich schminkzeug kaufen, wimperntusche und lippenstift und fond-de-teint.
Klara sagt, sie brauche einen büstenhalter. mama sagt, es sei noch zu früh.
für mich hat mama weiße baumwollhandschuhe gekauft. nach dem beten bestreicht sie meine fingernägel mit einer stinkenden flüssigkeit. dann bindet sie die handschuhe fest. am morgen sind die handschuhe irgendwo im bett. an das stinkende zeug gewöhne ich mich.
ich möchte nur wissen, woher du das hast, sagt mama.

im korridor ist es düster, weil wir immer das licht löschen müssen, wenn wir es nicht wirklich brauchen. in meiner ecke neben dem sekretär ist es besonders dunkel. dort werde ich nicht gesehen, doch ich kann die türen zum herrenzimmer und zur stube sehen und kann hören, was dort gesprochen wird. ich bin auch schon erwischt worden in meiner ecke, und papa und mama sagen, es sei unanständig, fremden gesprächen zu lauschen. jetzt reden papa und mama im herrenzimmer so laut, daß ich mich nicht anstrengen muß, sie zu verstehen.

ja, wenn du brückenbauer geworden wärst, aber so…

ich weiß, ich weiß, wenn das wörtchen wenn nicht wär'. wenn mein vater sein geld nicht verludert hätte, wenn ich brückenbauer geworden wäre…

sch, Albert, nicht so laut. ich meine ja nur, wenn du…

wenn ich nicht vom gymnasium geflogen wäre wegen der tuberkulose, wenn…

ich habe mir gedacht, wo doch die Rosa ausgezogen ist, wir könnten es mit einem zimmerherrn versuchen.

also so arm dran sind wir noch nicht, schließlich habe ich noch immer genug geld heimgebracht, oder etwa nicht?

wir könnten sicher achtzig oder hundert franken verlangen. und mit einem mann hat man eigentlich keine probleme, der will nicht ständig strümpfe waschen oder sich etwas kochen.

für lumpige hundert franken einen fremden mann in der woh-

nung, und ich bin die ganze woche weg. du allein mit den kindern und einem fremden mann…
und das zimmer putzen muß ich sowieso, ob da ein zimmerherr drin wohnt oder der Kurti, das bleibt sich gleich.
ein zimmer vermieten, das ist wohl ein witz, oder willst du vielleicht eine pension eröffnen?
manchmal ist es schon schwer, mit dem haushaltungsgeld auszukommen.
und wo willst du den Kurti hinstecken? der muß doch irgendwo schlafen.
du meinst doch nicht, ich wolle einen zimmerherrn, weil du weg bist? so gut solltest du mich kennen Albert, ich habe dir noch nie grund gegeben…
wo der Kurti schlafen soll, will ich wissen.
ich habe gedacht, in der stube auf dem schlafsofa.

tante Rosa und mama putzen Kurtis zimmer. Klara und ich müssen in unserem schrank platz machen für Kurtis kleider.
was soll denn das? fragt Klara.
tu, was ich dir sage, und maule nicht herum.
ich maule nicht, ich frage.
los jetzt, und ein bißchen dalli.
gibt's denn besuch?
ich weiß, was es gibt, aber ich sage es nicht, weil ich es eigentlich nicht weiß.

am abend sagt papa, daß Kurti von nun an in der stube schlafen soll.
Kurti weint auf dem schlafsofa. er sagt, es habe lichtfinger, die umherstreiften, über die decke, die wände und über sein gesicht. und hinter dem glas der vitrine, da sitze etwas, er wisse nicht was, aber es sei gefährlich. und das klavier habe zähne, die zubeißen könnten, und hinter dem klavier hocke eine gestalt mit großen händen, die ihn packen wolle.
dummerchen, sagt mama, das ist der philodendron, und das licht kommt von den autos. schlaf jetzt.
ich kann nicht, ich kann nicht.
papa geht zum abort und holt den teppichklopfer. er zeigt ihn Kurti, und der hört sofort auf zu schluchzen. doch jeden abend weint er wieder und macht zweimal das sofa naß. papa sagt, wir müßten familienrat halten, und beschließt, daß Klara, Kurti und ich abwechslungsweise in der stube schlafen müßten. Klara protestiert, aber papa sagt, beschlossen sei beschlossen.
ich schlafe eine ganze woche in der stube. ich habe auch angst. die autoscheinwerfer huschen über die decke, das glas der vitrine blitzt auf oder die kristallvase auf dem buffet, und neben den lichtflecken ist undurchdringliches dunkel. aber ich weine nicht, weil ich älter bin als Kurti.
Klara erzählt Kurti nachts schauergeschichten. ende der woche sagt Kurti, er wolle von jetzt an immer in der stube schlafen, er wolle nicht mit mädchen im gleichen zimmer sein. papa lobt ihn

und sagt, endlich werde Kurti ein bub, ein tapferer bub, der nicht von mädchen beschützt werden müsse.

am sonntag besichtigt ein mann das zimmer. er spricht nicht richtig deutsch. er ist zwar ein Schweizer, aber in England aufgewachsen. sein cousin, der ihn begleitet, spricht wie wir.
den nehmen wir, sagt papa, so kann ich mein englisch auffrischen. hau du ju du? sagt er zu dem mann.
er ist aber katholisch, flüstert mama papa zu.
macht nichts, ich will ihn ja nicht heiraten, sagt papa und lacht schallend.
keine küchenbenutzung, sagt mama, und keine wäsche im bad.
ollreit, ollreit, sagt der mann.
am montag zieht er ein.
am abend kommt tante Rosa, um ihn sich anzusehen. er gefällt mir, sagt sie.
mir auch, sagt Klara.
du bist doch viel zu jung, sagt tante Rosa.
und du zu alt, sagt meine schwester.
tante Rosa seufzt, und mama sagt, es würde sie nicht wundern, wenn Klara auf der straße ende.
wir essen in der stube und hören schritte in der wohnung. wasser läuft im bad. daran werden wir uns gewöhnen müssen, schließlich zahlt er, sagt mama.

wenn er nur immer das licht löscht, sagt papa, vergeudung dulde ich nicht.
nach dem essen klopft er an beim zimmerherrn und lädt ihn ins herrenzimmer ein. Nellie, gläser, ruft papa. mama presst ihren mund zusammen. aus dem herrenzimmer tönt gelächter.
bevor Kurti ins bett geht, guckt er unter das schlafsofa. Klara öffnet für ihn die vitrine, damit er sehen kann, daß nur gläser darin sind. sie schließt den klavierdeckel über den tasten, damit sie nicht beißen können. dann zieht sie die vorhänge zu. schlaf gut, semmelchen, sagt sie.

papa bringt einen plastikeimer nach hause, einen gelben mit blauem deckel.
für die unterhosen, sagt er zu mama, für deine und Klaras unterhosen.
mama wirft einen blick auf mich: attention.
wie wenn ich nicht längst wüßte, wie das mit den unterhosen ist. jeden monat werden sie blutig. deshalb werden sie in kaltes wasser gelegt und bleiben so lange liegen, bis das wasser eine weiße decke hat und stinkt. dann seufzt Klara und schüttet das zeug ins lavabo. meist gießt sie einfach frisches wasser über die unterhosen und stellt den kübel wieder unter das lavabo. ab und zu wäscht sie die hosen aus, paar um paar, und hängt sie über die badewanne. wenn sie trocken sind, steckt mama sie in den

korb mit der schmutzwäsche. wenn ich dann soweit bin, werde ich auch blutige unterhosen in den kübel legen. bei uns in der klasse blutet erst eine. sie ist Italienerin, und mama sagt, die seien eben früh entwickelt und rasch verblüht.
ich meine ja nur, sagt papa, mit dem deckel ist es doch appetitlicher.
ich habe gar nicht gewußt, daß du dich an meiner weiblichkeit störst, sagt mama und macht ihren schmalen mund.
es ist doch wegen dem zimmerherrn, sagt papa und hält noch immer den eimer in der hand.
der zimmerherr, sagt mama, hast du bemerkt, daß er jeden sonntag zur messe geht? ich hab' es ja von anfang an gesagt, das ist ein ganz schwarzer. die mit ihren ewigen messen und der beichterei. ich trau' ihm nicht, daß du es nur weißt, aber dir ist das ja egal. du vergnügst dich mit ihm, und er trinkt auf deine kosten.
ich hab nur gedacht, wegen der hygiene. und schließlich zahlt er, murrt papa.
gib her, sagt mama.
sie geht ins bad und zieht den alten kübel unter dem lavabo hervor. obenauf schwimmt eine weiße pelzige schicht. diese Klara, sagt mama und rümpft die nase. sie flutscht den ganzen inhalt in den neuen eimer und streckt mir den alten hin: wasch ihn aus.

Wenn papa zu hause ist, hören wir radio zum abendessen. vor den nachrichten wird gratuliert, zur diamantenen hochzeit oder zum fünfundneunzigsten geburtstag. je nachdem spielen sie 'Silberfäden' oder 'Für Elise'. das ist mamas lieblingsstück, und sie summt es mit. für kinder gehört es sich nicht, am eßtisch zu summen.

wenn das zeitzeichen ertönt, müssen wir ganz ruhig sein. kein messer darf gegen den teller stoßen, kein glas darf klirren.

ich versuche, nicht auf die stimme des nachrichtensprechers zu hören. ich schneide grimassen und betrachte mich im glas der vitrine.

spiegelaffe, sagt papa.

mama steht auf und steckt mit einer sicherheitsnadel die fenstervorhänge über der vitrine zusammen.

Klara steht mir auf den fuß. ich ziehe meinen fuß zurück und stelle ihn auf den ihren, sie zieht ihren fuß zurück. wir spielen immer schneller, wir kichern.

ruhe, donnert papa. kann man nicht einmal in ruhe nachrichten hören? was hat er jetzt gesagt? das wichtigste habe ich verpaßt, wegen euch.

der sprecher spricht von stacheldraht und mauern in Berlin.

siehst du, Nellie, was habe ich gesagt, der Russe geht da nicht mehr weg, der weicht und wankt nicht. und jetzt gar eine mauer bauen durch ein land, das ist ja unerhört.

ich stelle mir vor, daß die roten aus dem radioapparat kriechen.

denen ist alles zuzutrauen.
und wenn sie kommen, wenn die roten kommen, dann gute nacht, sagt papa. die werden uns alles wegnehmen, alles, möbel, bücher, kleider. zu essen wird es gar nichts mehr geben, und die glätterei werden sie enteignen. und was sie mit den frauen tun – lieber tot als rot.
es wird doch nicht schon wieder krieg geben, sagt mama.
ruhe, zischt papa.
das wetter ist besonders wichtig, weil papa wissen muß, ob die straßen trocken sind. das Echo der Zeit ist weniger wichtig. wir dürfen wieder essen und kauen und uns bewegen.
habt ihr aufgepaßt? fragt papa. was hat der Tschudi gesagt, Lettie? du weißt es nicht? himmelherrgottnochmal, paßt du denn nie auf? dann zähl mir wenigstens die bundesräte auf, alle.
ich sage: ich muß mal, und verschwinde.
so was wird in zukunft vor dem essen erledigt, schreit mir papa nach.
Klara kann alle bundesräte aufzählen. Kurti soll sie jetzt auch lernen, weil es wichtig ist fürs leben.

wenn die roten kommen, stecken sie alle frauen in die eiserne jungfrau.
im keller der Kyburg steht eine. auf der schulreise habe ich die folterkammer gesehen, die räder, auf die menschen geflochten wurden, die daumenschrauben und die fässer voller nagelspit-

zen. aber am schlimmsten ist die eiserne jungfrau. ich sah sie sofort beim hineinkommen. ihre tür stand offen, und das fahle licht beleuchtete die eisenspitzen, die genau auf augenhöhe, auf brust- und bauchhöhe angemacht sind. ich stellte mir die zitternde frau vor, die darin stand, und jemand, der die tür so heftig zuschlug, daß die frau durchbohrt wurde. und das blut stellte ich mir vor, das durch die ritzen der tür rann und über den boden floß. noch jetzt ist der boden in der folterkammer dunkel.

oft träume ich von der eisernen jungfrau.

ich werde gepackt von männern, die ich nicht sehen kann. ich wehre mich, zapple und beiße. sie sind stärker. ich werde gepackt und weggeschleift, durch einen korridor, eine treppe hinunter. ich will schreien und kann nicht, kein ton kommt aus mir heraus. wieder ein korridor, es riecht modrig. der korridor weitet sich und in einem lichtstreifen sehe ich die eiserne jungfrau blitzen. ihre tür ist geöffnet, die spitzen stacheln sind rot von blut. wieder will ich schreien, reiße den mund auf.

ich erwache am verschluckten schrei. es würgt mich in der kehle. mein körper ist verkrampft, ich wage kaum, mich zu bewegen. ein schneller blick durchs zimmer, alles ist wie gewohnt. der dunkle schatten ist der schrank, das helle an der anderen wand ist Klaras bett. ich habe angst, wieder einzuschlafen. ich stehe auf und nehme mein kissen unter den arm. durch den dunklen korridor taste ich mich ins elternschlafzimmer.

im licht der autoscheinwerfer, die an der decke fangen spielen,

sehe ich mama. sie liegt mit angewinkelten knien und atmet lautlos. papa ist ein großer schnarchender berg. ich stupse ihn an.
ja? murmelt er und öffnet ein auge.
darf ich?
kriech rein, sagt er.
ich klettere über ihn. Johnny am fußende des bettes steht auf und blinzelt. dann dreht er sich um sich selbst und legt sich wieder hin. ich schlüpfe neben papa ins bett. er dreht sich schwerfällig auf die seite und zieht das leintuch, die decken zurecht. wieder die eiserne jungfrau? fragt er. ich kuschle mich an ihn. hast du auch warm? ja, sage ich. dann dreht er sich weg und nimmt das schnarchen wieder auf.
ich rutsche in den spalt zwischen den betten und rücke mein kissen zurecht. die scheinwerfer lassen die zimmerlinde aufleuchten und huschen über die wände und den spiegel der kommode. ich liege im spalt, spüre die harten ränder der beiden matratzen. ich habe keine angst mehr. mit dem fuß taste ich die spalte ab, fahre dem holz der bettgestelle nach.
schab nicht so, flüstert mama.
ich schlafe ein.

jeden mittwochnachmittag muß eine von uns tante Loni besuchen. sie ist meist allein. onkel Max sitzt während der woche in tante Rosas kämmerchen. sonntags spielt er schach mit papa.

er hat auch ein büro mit zwei angestellten, dort ist er selten.
tante Loni und onkel Max haben eine große wohnung mit schweren dunklen möbeln. alles erbstücke, sagt tante Loni. im eßzimmer steht ein langer tisch, rundherum steiflehnige stühle. sie sehen ungemütlich aus. die stube heißt salon, und neben zwei großen polstersesseln steht ein massiges büffet aus gemasertem holz. vor den fenstern hängen dunkelrote samtvorhänge. portieren, sagt tante Loni.
wir sitzen in der küche. tante Loni wärmt milch für meine ovomaltine. ich frage nach den alten fotos, und tante Loni geht in den zweiten salon, der weniger groß ist als der richtige, und bringt drei große alben. ich kenne die leute auf den fotos nicht, aber ich muß lachen, weil sie so seltsam gekleidet sind. die frauen tragen weite röcke mit rüschen, und manchmal halten sie einen sonnenschirm in der hand. die männer gucken aus steifen kragen, die vatermörder heißen. im letzten album sind fotos von onkel Max als kind. er liegt nackt auf einem bärenfell. tante Loni sagt, solche fotos seien damals üblich gewesen.
die fotos von Jonathan zeigt sie nicht. er starb als kleines kind, und seither ist tante Loni schweigsam. onkel Max sagt, früher sei sie lustig und fröhlich gewesen. jetzt sei es bei ihnen wie in einer gruft.
eines der zimmer ist für Jonathan eingerichtet, alle seine kleider sind noch da und seine spielsachen. einmal durfte ich in das zimmer schauen, aber nur hineinschauen und nichts anfassen.

wir müssen tante Loni besuchen, damit sie nicht den ganzen tag im kinderzimmer sitzt.

tante Loni wärmt mir nochmals milch. ich stehe neben ihr und entdecke am küchenschrank ein kärtchen mit goldrand. ich lese laut: schweigen – schlucken – schenken.
was bedeutet das? frage ich.
sie gibt lange keine antwort, und dann sagt sie langsam: das leben, es bedeutet das leben.
ich trinke meine zweite ovomaltine und klebe rabattmarken ein. tante Loni sammelt sie in einer alten büchse. ich sortiere die marken und klebe sie ein, und wenn ein heft voll ist, schenkt sie es mir. im geschäft bekomme ich geld dafür.
nach zwei stunden darf ich gehen. ich hüpfe auf dem gehsteig im takt: schwei-gen-schluk-ken-schen-ken-schwei-gen-schluk-ken-schen-ken. ich gebe acht, auf keine ritze zu treten.

als ich heimkomme, sagt Kurti, er habe hinter der abortschüssel enten gesehen, fünf stück mit farbigen schwanzfedern.
Kurti, sagt mama scharf, hör auf mit dem unsinn.
kein unsinn, sagt Kurti, wirklich wahr, ich habe sie gesehen.
du sollst dir nicht immer sachen einbilden, sagt mama.
zeig sie mir, sage ich, doch ich sehe keine ente, keine einzige.
aber die da, mit den blauen federn, und die?
keine einzige, sage ich.

der abort ist lang und schmal und weiß gekachelt. zuhinterst steht die abortschüssel, und darüber ist ein kleines fenster in einer nische. dort oben steht die ajaxbüchse und daneben liegt ein scheuerlappen. neben der schüssel steckt in einem kleinen holzkasten geglättetes und geschnittenes seidenpapier. es gibt auch eine vorrichtung für eine toilettenpapierrolle, aber die ist immer leer. manchmal drehe ich am holzröllchen und wünsche mir, wir hätten so weiches weißes papier wie tante Loni.
die schüssel ist hoch angebracht, und lange kam ich mit den füßen nicht bis zum boden. Kurti baumelt jetzt noch mit den beinen. die schüssel hat einen holzring, dessen lack abgesprungen ist, und keinen deckel. bei tante Loni ist der ring schwarz und glatt, und es gibt einen deckel, den man schließen muß.
mama hat mir oft erzählt, sie habe mich einmal auf den topf gesetzt, als ich noch ganz klein war, und mich alleingelassen. als sie zurückkam, hatte ich mein geschäft gemacht, aber die ganzen wände mit brauner schmiere bestrichen. sie habe stunden gebraucht, um mich und den abort zu putzen. sie hat mir das so oft erzählt, daß ich glaube, mich zu erinnern. ich spüre die warme feuchte zwischen den fingern, höre es flutschen und flatschen und bekomme lust, nochmals die weißen kacheln anzustreichen. aber ich bin jetzt groß, und wenn man groß ist, tut man das nicht.
Kurti faselt den rest der woche von seinen enten. er geht oft auf den abort, und ich höre ihn reden und kichern, und er nimmt

haferflocken und streut sie hinter die schüssel. ich putze sie weg, bevor mama sie sieht, und Kurti strahlt und sagt, seine enten hätten die haferflocken gegessen.
als papa am freitag kommt, zieht Kurti ihn sofort in den abort, um ihm die enten zu zeigen. papa sagt: mhm, jaja, ach so. nein, im augenblick nicht, aber vielleicht sind sie schlafen gegangen.
am samstag abend schreit Kurti laut im abort. wir gehen hin, und er kniet neben der schüssel, und da stehen drei kleine enten, rot, dunkelblau und tannengrün.
da sind sie, papa, ruft Kurti, und papa sagt: jaja, jetzt sehe ich sie auch.
mama schubst papa in die seite und sagt: also Albert, ich weiß wirklich nicht.
schon gut, Nellie, sagt papa und reibt sich das kinn, laß ihm doch die freude.
mama zieht die unterlippe zwischen die zähne und sagt nichts mehr. Kurti streut den entchen haferflocken und bleibt stundenlang im abort.

am sonntag nach dem mittagessen weiß ich nicht, was ich tun soll. zu Eliane darf ich nicht, weil sonntags familientag ist.
mama und tante Rosa belegen die stube. auf dem tisch ausgebreitet liegen der stoff und das schnittmuster, die fadenschachtel steht da, die nähmaschine und das bügeleisen. mama und tante Rosa reden in ihrer eigenen sprache, die papa nähchinesisch

nennt. abnäher, borte, besatz. heften, stürzen, kehrnaht, hexenstich. quetschfalte und gehfalte. ich soll zusehen und etwas lernen dabei.

meine handarbeitslehrerin ist zugleich tante Rosas vermieterin. ende monat schickt mich tante Rosa mit dem geld und dem büchlein in den vierten stock. ah, du bist es, sagt frau Kunz, komm herein. sie trägt einen verwaschenen morgenrock und schlotternde strümpfe. in der stube sitzt herr Kunz. er nimmt die brille ab, um zu sehen, wer kommt. wenn er zu hause ist, muß ich das geld ihm geben, und er unterschreibt im büchlein. wenn er nicht zu hause ist, gebe ich das geld frau Kunz.

ich muß mich hinsetzen, und frau Kunz bringt drei trockene biskuits. sie fragt jedesmal, wieso ich wohl in handarbeit so schlecht sei. sie wisse, daß meine mutter eine gute und exakte näherin sei. hat sie nicht diesen rock genäht? ich nicke, dann muß ich aufstehen und mich drehen, und frau Kunz sagt: sehr schön, sehr gut. dann lacht sie und sagt: also von ihr kannst du es wirklich nicht haben, sie hat es noch. ich soll auch lächeln und muß die biskuits runterwürgen. wenn der zins ungerade ist, gehe ich gerne in den vierten stock, weil ich das ungerade bekomme. ist er gerade, bekomme ich nichts. der zins verändert sich jedes halbe jahr. schon wieder aufgeschlagen, seufzt tante Rosa.

das herrenzimmer gehört papa und onkel Max. sie hören sport und musik und spielen schach und rauchen. wenn am radio sport kommt, darf kein wort gesprochen werden, flüstern ist noch zu laut. kommt musik, darf geredet werden. dann sagt papa: gardez votre dame. und onkel Max sagt: und du, paß du selber auf.
dann steht papa auf und streckt sich und ruft in den korridor: na, ist denn niemand zu hause? alles so still, ihr seid wohl alle ausgegangen. wir sollen alle herkommen und familienleben genießen. der match aus Lausanne, sagt onkel Max und dreht die lautstärke auf. papa ruft: verdammt nochmal, gebt endlich ruhe, kann ich denn nicht mal am sonntag meine ruhe haben?
ich höre die laute stimme des sportreporters in der ganzen wohnung, sie überschlägt sich, wird noch lauter, kreischt auf, und papa und onkel Max kreischen mit: goooool. ich hab' es gesagt, ruft onkel Max, ich hab' es gesagt, denen tanzen wir auf der nase herum, und papa antwortet: was, gar nichts hast du, noch vor zehn minuten hast du behauptet, wir hätten keine chance, hast du behauptet.
Kurti sitzt in der küche und schneidet bilder aus für sein ziehbuch. tante Rosa hat ihm eine alte Annabelle gegeben, und Klara hat ihm geholfen, alle seiten einzubiegen. jetzt schneidet er bilder aus der Schweizer Familie und witze aus dem Nebelspalter und legt sie zwischen die umgebogenen seiten. ich darf nicht zusehen, damit er mich ziehen lassen kann, ohne daß ich weiß, was für bilder im ziehbuch sind.

Klara sitzt in unserem schlafzimmer auf dem bett, lackiert sich die zehennägel und singt vor sich hin.
ich lege mich aufs sofa in der stube und versuche zu lesen, aber das geht nicht, weil durch die wand das radio dröhnt und am tisch mama und tante Rosa nähchinesisch reden. ich bin halb eingeschlafen und werde von onkel Max und papa geweckt. sie stehen unter der tür zum herrenzimmer und halten sich umschlungen. jetzt wird gefeiert, schreit papa, gefeiert, wir haben nämlich gewonnen. er löst sich von onkel Max und guckt auf die uhr: in fünf minuten seid ihr alle bereit, wir fahren los.
nach fünfzehn minuten sind wir alle bereit, nur Klara fehlt.
Klara, ruft papa, Klara, antreten.
Kurti rennt ins schlafzimmer und sagt erstaunt: sie ist nicht da.
wir suchen in der ganzen wohnung. papa bekommt einen roten kopf, und mama wird bleich.
kommt, sagt onkel Max, wir gehen trotzdem feiern, das mädchen ist groß genug, um am sonntag allein spazierenzugehen.
spazieren, allein? sagt papa mißtrauisch, das glaubst auch nur du.
fragen hätte sie können, sagt mama, einfach so zu verschwinden.
mit einer freundin, sagt onkel Max, kommt jetzt.

ohne Klara ist es im auto nicht so eng. onkel Max und papa sitzen vorne, wir anderen hinten. dieser sonntagsfahrer, sagt papa, dem zeig' ich, wo Bartli den most holt. er gibt gas und fährt dicht

hinter das vordere auto, er blinkt und hupt und zeigt mit dem finger an die stirn. ich spüre, wie mama neben mir ganz steif wird.
laß doch, sagt onkel Max.
dieser armleuchter, und grad noch einer, sagt papa, hast du gesehen, wie der mir den weg abgeschnitten hat? unglaublich. dieser schafs…
Albert, sagt mama scharf.
schafskopf, Nellie, schafskopf, was hast du denn gedacht, was ich sagen wollte?
tante Rosa beginnt zu singen: 'im schönsten wiesengrunde'. Klaras stimme fehlt. und jetzt unser lied, sagt papa, fang an, Max.
onkel Max beginnt, papa brummt mit, und wir anderen fallen ein, denn wir kennen das lied längst: wie kommen die soldaten in den himmel, kapitän und leutenant, auf einem weißen schimmel, so kommen die soldaten in den hi-i-mmel, kapitän, leutenant, fähnerich, sergeant, schlag das mädel mit dem schädel an die wa-a-and. danach singen wir das lied vom polenmädchen, das nicht küssen wollte, und dann sind wir auf dem Albis.
ich bin froh, daß der himmel grau ist und die wolken tief hängen. so kann mich papa die berge nicht abfragen. ich weiß ihre namen nie, und papa ärgert sich.

im restaurant bestellt papa restbrot für alle. das brot ist feucht unter den zwei scheiben aufschnitt. am liebsten habe ich die hal-

be salzgurke, die obenauf liegt. Kurti und mama essen nicht auf, und papa langt in ihre teller und nimmt den rest. Albert, sagt mama und schaut über die schultern.
tu nicht so, Nellie, schließlich zahle ich. und du weißt ja: lieber den magen verrenken, als dem wirt etwas schenken.
papa lacht laut, und mama wird ganz klein.
beim heimfahren sagt Kurti, er müsse mal. papa schimpft, weil Kurti das auf dem Albis hätte erledigen können. da habe ich noch nicht müssen, sagt Kurti.
am stadtrand fährt papa einer von links vor die nase. das war knapp, sagt papa, der hat auch keine ahnung von autofahren. er hupt und blinkt und fährt ihm nach, wir fahren bis nach Höngg, obwohl wir auf der anderen seite der stadt wohnen, und dann sagt papa: der hat seine lektion gelernt.

wir kommen nach hause, und Klara ist nicht da.
tante Rosa schüttelt den kopf und murmelt unverständliches.
onkel Max sagt etwas von hängengeblieben bei einer freundin.
der werd' ich zeigen, wer hier das sagen hat, knurrt papa, zeigen werd' ich es ihr mit meinen eigenen händen.
in unserem schlafzimmer hängt ein schwacher acetonduft. wattebäuschchen voller nagellack liegen am boden, zwei zerlesene romanheftchen daneben. Klaras bett ist ungemacht. ich öffne das fenster und räume auf. ich beeile mich mit dem zubett-

gehen. mama kommt mit Kurti zum beten. sie sieht durch mich hindurch.
im dunkeln ziehe ich die baumwollhandschuhe aus. ich flüstere nochmals mein gebet. ich höre papas stimme am telefon. dann geht die korridortür.
ich halte mir die ohren zu.

Wir könnten all die alten kumpels einladen, sagt onkel Max, den Mötteli und den Rechsteiner…
den Rosenzweig, sagt papa, weißt du eigentlich, was aus dem geworden ist?
herrenzimmer, stube, korridor, platz ist genügend da, sagt onkel Max.
aber eure wohnung ist viel größer, sagt mama.
stell dir mal ein fest in einer gruft vor, sagt onkel Max.
Rosa hilft dir mit dem kalten buffet, und Max und ich organisieren die getränke, sagt papa.
und aufräumen und bohnern, das macht ihr nachher auch?
sei doch nicht so, Nellie, der Albert spendiert dir sicher ein neues kleid.
das ich mir selber nähen muß, sagt mama.

die zwei abgetretenen perserbrücken im herrenzimmer werden aufgerollt. der stubentisch wird neben die vitrine geschoben und

ausgezogen. mama legt das alte geflickte tischtuch darüber, das einzige, das genügend lang ist. tante Loni zeigt Klara und mir, wie wir aus seidenpapier rosen falten können. mama und tante Rosa belegen brote mit schinken und käse, mit harten eiern und salzgurken. mama ruft nach mir. ich soll die rosen rosen sein lassen und die heißen kartoffeln schälen für den kartoffelsalat. bohnensalat gibt es auch und heiße würstchen. papa und onkel Max schleppen flaschen und stellen die gläser aus der vitrine auf den tisch.
Klara schmollt, weil wir ins bett sollen, nachdem wir die leute begrüßt und ein würstchen gegessen haben. sie macht sich schön mit wimperntusche und fast weißem lippenstift. mama sagt nichts.

gegen acht uhr kommen sie: herr und frau Mötteli, herr und frau Rechsteiner, frau Mandel. papa klopft herrn Mötteli auf die schulter: der Rosenzweig, der kommt nicht, der ist sich zu fein, der ist ein ganz großes tier geworden.
der alte jude, sagt herr Mötteli, soll er doch bleiben, wo er ist.
frau Mandel bietet mama ihre hilfe an, mama wehrt ab. mama sagt von frau Mandel, sie sei eine schlampe wegen der türen und türrahmen, die voller fingerabdrücke seien. gerade eine frau, die außer haus arbeite, müsse besonders auf ordnung und sauberkeit achten. also mir kann niemand etwas vorwerfen, sagt mama. weil mama in der glätterei arbeitet, müssen wir immer sauber gekämmt und gewaschen sein. mama wischt jeden abend den

küchenboden feucht auf und putzt das lavabo im bad. einmal in der woche poliert sie das buffet und die vitrine mit möbelpolitur. alles muß immer tiptop sein, weil man nie wissen kann, ob jemand kommt. es kommen immer nur tante Rosa und onkel Max, selten tante Loni. aber einmal könnten andere leute kommen, und deshalb muß alles glänzen.

Klara, Kurti und ich stehen im korridor und begrüßen die gäste. die meisten sagen: ihr seid aber groß geworden, richtige junge damen seid ihr. Kurti wird von den frauen geküßt, und er wischt sich die küsse schnell weg. männer kneifen Klara in die wange und tätscheln meinen kopf. mach den mund zu, Kurti, sagt Klara.
nach würstchen und kartoffelsalat werden wir zu bett geschickt. Klara und ich löschen das licht im schlafzimmer und öffnen die tür. wir stellen uns abwechslungsweise in den spalt und gucken hinaus. alle sind in der stube und im herrenzimmer, wir sehen nur, wenn jemand zum abort geht. Klara sagt: diese weiber, hast du das gesehen, alle sind geschminkt, alle, und mir wollen sie es verbieten. und geschmack haben sie auch keinen. diese kleider, das hinterletzte. sei still, sage ich, weil ich hören will, was in der stube geredet wird.
...kopfschmerzen, darum ist sie zu hause geblieben. ich werde es ausrichten, ja... (onkel Max)
...ist sie noch mehr aufgegangen in den letzten jahren, schau mal, wie sie zulangt... (frau Rechsteiner)

…und dieses kleid haben sie selbstgemacht? kaum zu glauben, es sitzt wirklich fast perfekt… (frau Mötteli)
…und da habe ich gesagt, wenn du nicht willst, so laß es bleiben, nur wegen der alten zeiten, habe ich gedacht, nur deshalb habe ich dich angerufen… (papa)
…nicht einfach, mit einem kind ohne mann… (tante Rosa)
…Iselles mann, ja, es war wirklich eine erlösung, er ist ja jahrelang krank gewesen… (mama)
…hat die Schweiz auch keine saubere weste… (frau Mandel)
das ist ja stinklangweilig, sagt Klara gähnend, ich geh' ins bett.
ich setze mich in den türspalt und höre zu. im herrenzimmer spielen sie das pfeifenspiel. onkel Max und doktor Leibundgut und frau Mandel gehen im korridor auf und ab. sie werden einzeln ins herrenzimmer gerufen. dort wird laut gelacht und ständig gepfiffen. ich weiß nicht, wie das spiel geht. papa sagte, er verrate es nicht, wenn wir größer seien, werde er es mit uns spielen.
nach dem pfeifenspiel legt jemand die alten platten auf: 'Heideröschen' und 'Blaue Nacht am Hafen' und papas lieblingslied: 'Ach, sag doch nicht immer wieder Dicker zu mir'. auch im korridor wird getanzt. ich sehe stöckelschuhe und beine in dünnen strümpfen, farbige rocksäume, polierte halbschuhe und flatternde hosenbeine.
ich döse ein und erwache durchkühlt und steif. ich reiße die augen auf. Edith Piaf singt 'Milord'. in meiner ecke neben dem

sekretär steht onkel Max, ich erkenne ihn von hinten. um seinen hals liegen bloße arme. die frau trägt weiße schuhe, die im halbdunklen korridor aufleuchten, weiße schuhe mit riemchen und kleinen absätzen. ich kenne die schuhe. papa hat sie tante Rosa mitgebracht.

papa liegt schnarchend im bett. tante Rosa und mama beenden den abwasch. Klara und ich tragen gläser in die stube. sorgfältig, mädchen, gestern wurden schon zwei zerschlagen. wir helfen möbel rücken und stecken schallplatten in die hüllen. ich suche die seidenpapierrosen zusammen, glätte die zerknüllten und zertrampelten. ich stecke alle in eine schuhschachtel. tante Rosa wichst das parkett ein. mama bindet ein kopftuch um und bohnert das herrenzimmer.

zu mittag essen wir trockenen kartoffelsalat und belegte brötchen. der käse ist angelaufen, der schinken dunkel am rand, die petersilie welk.

sogar der zimmerherr schläft noch, sagt mama, heut' hat er für einmal die messe verpaßt.

Kurti will wissen, welche spiele gespielt wurden.

tanzspiele haben wir gemacht, mit äpfeln, sagt tante Rosa.

Klara kichert: mit wem hast du getanzt?

oh, mit allen, mal mit dem, mal mit dem, der zimmerherr ist ein ganz anständiger tänzer, aber mit dem Mötteli war es schwierig, der ist so klein.

mama massiert ihre füße. der halux tut mir weh, sagt sie, da ist mir der Rechsteiner voll draufgestanden, mit seinem ganzen gewicht.

es ist drückend heiß. ein gewitter liegt in der luft. Klara geht unter die dusche. Kurti und ich kugeln auf meinem bett. kinder, kinder, sagt mama, schlafenszeit.
ich geh nicht in die stube, wenn ein gewitter kommt, sagt Kurti.
die fenster sind weit geöffnet. mama faltet Klaras kleider und legt sie auf den stuhl. ich kitzle Kurti, der kichert und sich wehrt. die nachttischlampe fällt zu boden. mama bückt sich und faßt die lampe am metallbügel. ich erwarte, daß mama schimpft. aber mama sagt gar nichts. sie steht einen moment ganz starr mit der lampe in der hand, dann durchzuckt sie etwas, ihr ganzer körper wird geschüttelt. ihre hand umkrampft den metallbügel der lampe, ihre fingerknöchel sind weiß. Kurti schreit auf. mama wird geschüttelt, geht in die knie, wird gegen den heizkörper geworfen, schlägt mit dem ellbogen auf und wird zurückgeschleudert, steht wieder mit verzerrtem gesicht, zitternd. ein neuer stoß, und wieder wird mama gegen den heizkörper geschlagen und weggeschleudert. und wieder und wieder. Kurti schreit. ich stehe am fenster und rufe hilfe, hilfe in die drückende stille.
Klara kommt tropfend aus dem badezimmer, sieht, wie mama hin- und herschwankt, wie sie gegen den heizkörper schlägt

und weggeschleudert wird. mama sieht nicht mehr wie mama aus. Klara schreit auf.
hilfe, hilfe.
noch ein stoß, ein schlag. mama fällt vor dem heizkörper hin, im fallen springt ihr die lampe aus der hand. mama liegt am boden wie ein haufen kleider.
Klara steht nackt mitten im zimmer, Kurti hält sich mit weit aufgerissenem mund am bettpfosten fest, ich stehe beim fenster und merke erst jetzt, daß mir tränen über das gesicht laufen.
der kleiderhaufen bewegt sich. mama rappelt sich hoch, steht unsicher auf: es ist nichts, kinder, es ist gar nichts. ihre stimme ist sehr hoch. sie geht mit vorgestreckten händen aus dem zimmer. im korridor, in meiner ecke neben dem sekretär, fällt sie zu boden. sie bleibt sitzen und lehnt den kopf gegen die wand. wir knien neben ihr, alle drei, Kurti schluchzt laut und streichelt mamas hände. ich fahre ihr über das gesicht. meine hände werden naß.
Klara sagt: zeig den ellbogen, mama, du brauchst einen arzt.
mama, schluchzt Kurti, mama.
fast wärst du gestorben, sage ich.
ach kinder, sagt mama, ist ja gut, ach kinder.
jemand steckt den schlüssel ins schloß. die wohnungstür geht. mama hebt den kopf: zieh etwas an, Klara.
ich schaue auf, nehme Klaras nacktheit erst jetzt wirklich wahr: ihre kleinen brüste, das dunkle haardreieck. sie springt auf und schlüpft ins zimmer.

der zimmerherr findet uns neben dem sekretär.
es ist nichts, sagt mama mit schiefem lächeln, wir machen ein spiel.
er lacht und kaut seine worte: sehr gut, lustige familie, sehr gut.

zu viert kriechen wir ins elterliche doppelbett. mamas ellbogen schwillt an.
tut es fest weh?
gar nicht. es ist nichts, kinder, wirklich nicht.
ein blitz zuckt durch den raum. der donner folgt fast sofort. zwei sekunden, sagt Klara, das ist nah.

mama liegt im bett. doktor Leibundgut sagt, sie habe einen schweren schock, sicher sei das herz angegriffen. und dann der ellbogen. dick geschwollen ist er, und doktor Leibundgut bepinselt täglich die aufgesprungene haut.
daß ihr nicht den stecker ausgezogen habt, sagt papa, das will mir nicht in den kopf, zusehen, wie die mutter…
Albert, sagt mama.
ist doch wahr, brummt papa, den stecker ausziehen, das ist doch nicht zuviel verlangt.
es ist mir einfach nicht in den sinn gekommen, wehrt sich Klara, du wärst auch erschrocken, wenn du dabei gewesen wärst.
es ist ja nichts passiert, sagt mama, nur der ellbogen, aber sonst ist ja gar nichts passiert.

großmama kommt jeden tag und kocht für uns. sie sitzt an meinem bett und schaut zu, wie ich lese. manchmal muß ich abstauben, und sie streicht mit dem finger über die möbel, und ich muß nochmals über das klavier und das buffet fahren.
großmama will alles wissen über den zimmerherrn, ob er das bad oft benutze, wann er heimkomme, ob er die hemden in die glätterei bringe zum bügeln.
und katholisch ist er, sagt großmama, wie konntest du nur, Nellie, man weiß doch, daß diesen schwarzen nicht zu trauen ist.
er tut uns nichts, sagt mama.
trotzdem, sagt großmama, du hättest an die kinder denken sollen.
abends kommt tante Rosa und klagt über die viele arbeit. morgen komme ich wieder, sagt mama. sie bewegt ihren arm und verzieht das gesicht: morgen oder übermorgen komme ich.

Unsere ganze klasse wird durchleuchtet. wir stehen in einem großen kalten raum, die mädchen von den knaben getrennt. wir müssen uns oben freimachen, das heißt: ausziehen. wir stehen und frieren. eine nach der anderen wird durch die tür gerufen. endlich bin ich dran. ich muß zwischen zwei kalte metallplatten stehen, die mich an die eiserne jungfrau erinnern. ich habe angst, und ich friere. es wird dunkel im raum.

vor der metallplatte steht ein mann und guckt in mich hinein. tief einatmen, sagt er, atem anhalten und ausatmen, ja, so. und nochmals. ja, gut, du kannst gehen, aber warte draußen.
in der garderobe ziehe ich mich an. meine schulkolleginnen dürfen gehen, nur ich muß warten, bis eine weißgekleidete frau kommt und sagt, ich solle mitkommen, aber zuerst oben freimachen. ich ziehe mich wieder aus. ich muß nochmals zwischen die metallplatten stehen. diesmal gucken zwei männer. ich muß mehrmals einatmen und den atem anhalten.
dann darf ich mich anziehen. die frau bringt mir einen brief in einem zugeklebten umschlag. den muß ich meinen eltern bringen.

in der schule muß ich nun milch trinken, weil ich eine angegriffene lunge habe. die milch ist abgefüllt in gläser, die mit farbiger folie verschlossen sind und in großen kästen stehen. vierundzwanzig gläser stehen in einem kasten.
alle zwei wochen muß ich geld in die schule bringen für die milch. meist ist sie lauwarm und stinkt. sie hat dicke fetzen, die obenauf schwimmen. ich schließe die augen und würge die hälfte der milch hinunter. dann renne ich zum abort und spucke aus, was ich noch im mund habe. den rest aus der flasche gieße ich in die schüssel. jeden tag in der zehnuhrpause muß ich eine flasche nehmen und darf sie erst zurückstellen, wenn sie leer ist.
papa sagt, das mit der angegriffenen lunge sei nicht so schlimm. er selbst habe richtig tuberkulose gehabt, doch die gebe es heu-

te nicht mehr. und wenn, sei sie ganz leicht zu kurieren. er erzählt von der kur, vom langen liegen und vom guten essen. ich weiß nicht, ob ich mir tuberkulose wünschen soll oder nicht.

Klara macht sich schön, um ans Knabenschießen zu gehen. sie kramt in mamas schubladen und sucht die dünnsten strümpfe. sie zieht sich die lippen nach und tuscht die wimpern. sie öffnet ihren roßschwanz und toupiert die haare mit einem kamm, der verschieden lange zähne hat. dann steckt sie die haare im nacken zusammen. die frisur sieht aus wie ein heuhaufen. Eliane und ich gehen mit Klara. am rand der großen wiese sagt Klara: hier treffen wir uns wieder, in zwei stunden. ich will das nicht, weil mama gesagt hat, wir müßten zusammenbleiben, aber Klara ist schon in der menge verschwunden.
Eliane und ich schlendern durch die budenstadt. wir kaufen zuckerwatte, und mein mund und meine hände werden klebrig. von allen seiten dröhnt musik, karussells drehen sich, und schaubudenbesitzer preisen ihre vorstellungen an. wir überlegen lange, ob wir die dicke Berta besichtigen sollen oder die dame ohne unterleib. Eliane entscheidet, daß sie auf die wilde maus will. über schienen, die hoch in der luft schweben, fahren kleine wagen, rauf und runter, immer schneller, und die menschen in den wagen kreischen. ich steige da nicht ein, sage ich. Eliane versucht, mich zu überzeugen. lustig sei es und gar nicht

gefährlich. einer der kleinen wagen verliert an fahrt. er fährt immer langsamer und bleibt am tiefsten punkt stehen, hat keine kraft mehr für die nächste steigung. und schon nähern sich neue wagen in sausender fahrt. ich packe Eliane am arm. ein monteur in blauem übergewand klettert am schienengerüst hinauf, immer höher. viele menschen bleiben stehen. er erreicht den stehenden wagen, zieht ihn die steigung hoch und läßt ihn oben los. der wagen saust ins nächste tal. vor aufregung kneife ich Eliane in den arm: wenn er nun runterfällt? ach wo denn, sagt sie. der monteur dreht sich der menge zu, verbeugt sich, und die leute klatschen. behende klettert er hinunter. ich halte noch immer Elianes arm umklammert. siehst du, sagt Eliane, der kann das.
aber er hätte fallen können, beharre ich.
bei der berg- und talbahn sehen wir Klara. sie sieht uns nicht. sie ist mit einem burschen zusammen, der eine frisur hat wie Elvis Presley. er trägt röhrlihosen. ein halbstarker, flüstert mir Eliane zu, kennst du ihn? ich schüttle den kopf. Klara steigt mit dem jungen in die berg- und talbahn. er legt den arm um sie. die bahn fährt los, und Klara wird gegen ihn gedrückt. vom zugukken wird mir schwindlig. Klara wird zum verschwimmenden farbfleck, doch sehe ich ihren mund, groß und rot, und ich sehe, daß der junge sie küßt, und ich weiß, daß das wieder ein geheimnis ist, das ich bewahren muß.
Eliane und ich fahren zweimal mit dem riesenrad. mit dem rest des geldes kaufe ich türkischen honig für mama.

die ferienwohnung haben wir, sagt papa, der Mötteli hat seine beziehungen spielen lassen.
unbesehen? fragt mama.
den ganzen sommer in der stadt und nichts anderes als das Letzibad, sagt papa, das ist doch nichts. etwas landluft wird den kindern gut tun, besonders Letties lunge. und du wirst deinen ellbogen schonen können.
eine ferienwohnung ist doch kein hotel, sagt mama.
wenn die Loni mitkäme, sie könnte dich entlasten.
ein kind mehr. mama seufzt. wenn nur die wohnung in ordnung ist.
auf den Mötteli ist verlaß, sagt papa, hundertprozentig.

die ferienwohnung ist oben in einem bauernhaus. unten wohnen die bauersleute. sie haben einen buben, der etwa so alt ist wie Kurti. die beiden schauen sich an.
so, sagt papa, gebt euch die hände und schließt freundschaft.
Kurti zieht sich hinter mama zurück. Alois versteckt sich hinter der bauersfrau.
da soll einer kinder verstehen, brummelt papa.
die bäuerin zeigt uns die wohnung. sehr schön, sagt mama, wirklich nett, genau das richtige. der bauer trägt unsere koffer hoch.
kaum sind beide weg, zündet sich mama eine zigarette an. sie geht nochmals durch alle räume und sagt: also Albert, wenn du meinst, daß ich hier bleibe, dann täuschst du dich. unmöglich ist

das, der holzherd in der küche und der abort auf der laube. und sauber ist es auch nicht. wie kannst du nur unbesehen eine wohnung mieten, nur wegen dem Mötteli.
aber wir haben im voraus bezahlt, sagt papa, und den kindern wird es gut tun.
Klara schüttelt sich: versauern werde ich hier.
du wirst schnell genug einen galan finden, sagt papa.
meinst du, ich lasse mich mit einem stallburschen ein? ich doch nicht, sagt Klara.
ich weiß nicht, sagt mama, die leute scheinen ja nett zu sein. aber das sage ich dir, Albert, unbesehen eine ferienwohnung mieten, das kommt nicht wieder vor, nicht mit mir.
Klara und ich beziehen die betten in den beiden schlafzimmern. mama inspiziert die küche. papa heizt den holzherd ein. ich muß das heiße wasser aus dem wasserschiff schöpfen und alle teller abwaschen. später begleitet uns papa zur käserei. er stellt sich dem käser vor und allen jungen burschen, die mit ihren tansen herumstehen. und das sind meine töchter, sagt papa und schiebt uns vor, meine hübschen töchter, die hier runde backen bekommen sollen und vielleicht auch sonst rund werden.
alle männer in der käserei lachen laut.
also, sagt papa, damit wir uns recht verstehen, so war das natürlich nicht gemeint, nur gesundheitlich.
natürlich, gluckst der kleine käser, natürlich, versteh' schon, nur gesundheitlich.

diese hier, sagt papa und zeigt auf mich, die hat nämlich eine angegriffene lunge, aber keine angst, es ist nicht ansteckend. und der kleine, wo ist er denn, der kleine brennt darauf, die käserei zu besichtigen.
Klara kneift mich in den arm und murmelt verwünschungen. ich habe einen heißen kopf. ein bursche zieht Kurti hinter einem käsebecken hervor. das ist wohl ihr prachtsjunge, sagt er in einem mir fast unverständlichen dialekt. er hält Kurti am ohr. ein hübsches bürschchen, ja, wird einmal ein tüchtiger käser werden. er schüttelt Kurti am ohr hin und her. Kurti heult. war nicht böse gemeint, sagt der bursche und läßt ihn los.
papa kauft käse und butter und hält dem käser den milchkessel hin.
nette leute, sagt papa auf dem heimweg, sympathisch, leute, die einen witz verstehen, nicht?
Klara und ich geben keine antwort. ich schäme mich und bin froh, daß mich im dunkeln niemand sieht. Klara flüstert mir zu: mit diesen bauerntscholis sollen wir zwei wochen verbringen, das wird ja heiter werden.

am sonntag bringt onkel Max tante Loni. am abend fahren die männer weg. kann ich etwas helfen? fragt tante Loni. neinnein, sagt mama, setz dich nur. tante Loni geht in die stube und schiebt die teller auf dem tisch herum. sie zupft an den rotweißkarierten vorhängen.

Kurti freundet sich mit Alois an. sie streichen den ganzen tag beim kaninchenstall, im heuschober oder bei den schweinen herum. wie du riechst, sagt mama abends, und keine badewanne und gar nichts. sie seufzt. soll ich helfen? fragt tante Loni. laß nur, sagt mama, ich wasch' ihn selbst.

Klara und ich gehen spazieren. vor dem nachbarhof sitzt ein mädchen und fädelt bohnen. Klara will vorbeigehen, doch sie ruft uns zu: wohnt ihr bei Roggenmosers? wie heißt ihr denn? wir bleiben stehen. sie heißt Gritli und ist etwas älter als ich. da kommt mein bruder, sagt sie. er fährt mit dem traktor vor und springt ab. ich bleibe bei Gritli, und Klara geht mit Sepp, um das roß anzuschauen. der reitet mit bei pferderennen, erklärt sie mir auf dem heimweg, und das roß ist ein eidgenoß. was das bedeutet, weiß sie auch nicht.

am abend will Klara in die käserei gehen, allein. merkwürdig, sagt mama und schaut Klara fragend an. nur so, sagt Klara. Lettie geht mit, sagt mama bestimmt.

Klara läßt mich vor der käserei stehen. die burschen kommen mit ihren tansen. einige bringen die milch auf einem handwagen. die burschen lachen. sieh an, die kleine mit der lunge, sagt einer, und noch nicht dicker geworden. das lachen wird laut und unangenehm. Klara kommt mit Sepp aus der käserei. sie schaut an den anderen burschen vorbei, wie wenn sie luft wären. sie schauen ihr nach. einer sagt: die würd' ich schon dick machen, wenn's nur das wäre.

Klara geht mit Sepp. ich trage den milchkessel und gehe hintendrein.

am samstag abend kommen onkel Max und papa. mit mama gehen sie hinunter zu Roggenmosers, um zu jassen. wir hören lachen und schenkelklopfen und rufen: stöck, wis, stich.
tante Loni lehrt Klara und mich, aus farbigem papier scherenschnitte zu schneiden. sie sagt, die könnten wir auf servietten kleben und schon sei ein weihnachtsgeschenk fertig. tante Loni kann die verschlungensten muster mit der nagelschere ausschneiden, seltsame blumen, den Bethlehemstern und eine sonne mit lachendem gesicht. meine scherenschnitte gelingen nicht gut. tante Loni sagt, es brauche halt viel geduld.
am sonntag ist es eng in der stube mit papa und onkel Max, mit zigarettenrauch und sport und musik.
draußen ist es herbstlich. Kurti und Alois spielen im heugaden. sie lassen sich von der bühne ins frische heu plumpsen. mit Gritli habe ich das auch gemacht. zuerst hatte ich angst, aber dann gefiel mir das komische gefühl beim fallenlassen, das ziehen im bauch und der kurze augenblick, wenn ich fast keine luft bekam. ich streiche um den nachbarhof, doch ich kann Gritli nirgends sehen. Sepp striegelt das pferd, und Klara schaut zu. mich bemerken sie nicht.
ich gehe weiter und weiter, und plötzlich sehe ich ein maisfeld. ich habe ein buch gelesen, das hieß 'Anuschka im Maisfeld'. seit-

her möchte ich auch so ein feld, in dem ich mich verstecken kann. der mais hier steht nicht so hoch wie im buch. ich zwänge mich durch die stauden und fühle mich wie Anuschka. kein mensch kann mich hier finden. mitten im feld setze ich mich hin und höre dem wispern der maisblätter zu. von einem kolben ziehe ich langsam die blätter ab, bis die langen feenhaare sichtbar sind, in die der kolben gewickelt ist. ich ziehe die haare weg und knabbere an den körnern herum. sie sind hart und schmekken süßlich.

am montag haben wir die wohnung wieder für uns. mama seufzt und putzt. und so soll ich mich erholen, murrt sie.
soll ich etwas helfen? fragt tante Loni und trägt die teller einzeln von der küche in die stube.
am abend kommt Klara in die stube gestürzt. sie schlägt die tür hinter sich zu und lehnt sich schweratmend dagegen.
der bauer, sagt sie, der herr Roggenmoser…
ihr kleid hat einen riß, ein knie ist aufgeschrammt und über die wade rinnt ein schmaler blutfaden.
wie siehst du denn aus, sagt mama, was hast du gemacht?
herr Roggenmoser, wiederholt Klara, er hat mir –
sie beginnt zu schluchzen. tante Loni geht zu ihr hin: komm kind, komm. sie führt Klara zu einem stuhl. Klara läßt sich darauf fallen und legt den kopf auf den tisch.
sag jetzt, was los ist, befiehlt mama.

angefaßt hat er mich, sagt Klara, unter den rock hat er gelangt und dann...

Lettie, sagt mama, ohne den blick von Klara zu wenden, Lettie, geh mit Kurti in die käserei und bring ein halbes pfund emmentaler. geh, geh sofort.

aber ich habe doch gestern käse...

geh, sagt mama, sofort.

ich ziehe Kurti unter dem tisch hervor und gehe mit ihm zur käserei. als wir nach hause kommen, ist der tisch gedeckt.

wo ist Klara? fragt Kurti.

im bett, antwortet mama mit schmalem mund. sie ist im bett, weil sie gelogen hat. so geht es, wenn man lügt. laßt euch das eine lehre sein.

am schönsten ist es, mit Kurti in mamas bett zu liegen, und papa liegt in seinem bett und liest vor. er liegt auf dem rükken, die decke wölbt sich über seinem bauch und sieht aus wie ein kleines zelt. Kurti liegt neben mir auf der seite mit dem teddybären im arm. er atmet durch den offenen mund, was ein leises geräusch macht, fast wie schnurren. Johnny liegt auf papas füßen unterhalb des zeltes und schnurrt auch. papa liest vor: 'Emil und die Detektive', 'Das doppelte Lottchen', 'Die Turnachkinder im Sommer'. natürlich kann ich die bücher selbst lesen. manchmal lese ich da weiter, wo papa aufgehört hat, aber meistens warte ich bis am samstag und höre zu. wenn papa das buch fertig vorgelesen hat, lese ich es nochmals.

draußen regnet es, und der regen klatscht gegen die fensterscheiben. zischend fahren die autos vorbei, und ihre scheinwerfer streichen über die decke. mama rumort in der küche, ich höre das quietschen der speisekammertür und das plop, wenn sie den kühlschrank zuschlägt. Klara übt etüden auf dem klavier, und einzelne töne wehen ins schlafzimmer. die nachttischlampe beleuchtet papas gesicht und einen teil der zimmerlinde, die ganz hellgrün wird und aussieht, als ob sie selbst leuchten würde. ab und zu steht Johnny auf, dreht sich ein paar mal um sich selbst und legt sich wieder hin. Kurti zuckt plötzlich mit den beinen, und ich sage: du schläfst ja. nach einer kleinen pause sagt Kurti: ich schlafe nicht.

und dann kommt mama und sagt: Albert, es reicht, Kurti gehört ins bett. und papa sagt: noch das kapitel fertig. wir hören zu und sind ganz still, und wenn papa das buch zuklappen will, sagt Kurti: noch ein bißchen, papa, nur ein kleines bißchen. papa läßt sich erweichen und liest weiter, und wenn mama kommt und sagt: Albert, sagt papa: schon gut, Nellie, nur noch das kapitel fertig.

Eliane und ich richten uns ein leeres abteil im estrich ein. wir legen ein farbiges tuch über eine alte matratze. mit harassen und brettern bauen wir einen kleinen tisch und ein gestell.
wir sitzen auf der matratze und erfinden eine geheimschrift. wir bestimmen zeichen für das ganze alphabet und lernen die zeichen auswendig. den schlüssel stecken wir gefaltet unter die matratze. nun können wir uns schreiben, was wir wollen, und niemand kann es lesen. Elianes mutter durchsucht manchmal ihr pult, und Klara stöbert in meinen sachen.
Eliane liest mir nochmals die geschichte aus 'Bel ami' vor. ich habe mich nicht getraut, Klara zu fragen, was mann und frau wirklich zusammen tun. Eliane drängt mich: frag sie endlich, frag. ich traue mich nicht und weiß auch nicht, ob ich es wirklich wissen will.
von weither höre ich mama rufen. ich beschließe, nichts zu hören. mir ist wohl mit Eliane auf dem estrich. der estrich ist mein maisfeld, sage ich. Eliane schaut mich verwundert an. weißt du noch, das buch, sage ich. Eliane zuckt die achseln.
unsere bibliotheksbücher haben wir ins harassengestell gelegt. jeden mittwoch gehen wir in die Pestalozzibibliothek hinter dem Volkshaus. im Volkshaus treffen sich die roten, aber sie sind weniger gefährlich als die Russen, die auch rot sind. Eliane sagt, ihre mutter gehe oft zu versammlungen ins Volkshaus. das darf ich zu hause nicht erzählen, sonst dürfte ich nicht mehr mit ihr

verkehren. die roten sind viel schlimmer als die schwarzen. Eliane ist weder protestantisch noch katholisch, sondern jüdisch. papa sagt, juden seien auch menschen.
Eliane und ich holen jede woche vier bücher in der bibliothek, und unter der woche tauschen wir sie aus. papa liest meistens die bücher der büchergilde Gutenberg. mama liest selten, und wenn, am liebsten bücher von Cronin. tante Rosa tauscht mit Klara heftchenromane, Heimatglocken und Edelweiß heißen die. papa sagt, das sei schund, wie Donald Duck und Mickey Mouse. die wirklich richtigen bücher stehen hinter glas im schwarzen bücherschrank und sind in leder gebunden und mit gold beschriftet. sie sind zu schön zum lesen.
auf der reise liest papa schwarzrote taschenbücher. die schlägt er in braunes packpapier ein, weil es niemanden etwas angehe, was er lese. manchmal helfe ich ihm, die bücher einzuschlagen. das papier muß sorgfältig gefalzt werden und wird mit dem brieföffner geschnitten. die ecken müssen genau umgebogen werden, papa duldet keine schlamperei. ich schneide mich am papier. ein blutstropfen fällt auf das frisch eingebundene buch. papa schimpft und schüttet jod über meinen finger.

du fragst sie also? sagt Eliane und klappt das buch zu. sicher, sage ich.

mama, Klara und ich sitzen im herrenzimmer. großmama hat mir einen wunderknäuel geschenkt, den muß ich verstricken. ich habe schon drei waschlappen gestrickt, und erst zwei bonbons sind aus dem knäuel gefallen. auch mama strickt, aber viel schneller als ich. sie strickt graue kniesocken mit lochmuster. Klara legt platten auf. mama wünscht sich 'Milord' von Edith Piaf. mama und Klara summen die melodie mit.
mama, sagt Klara, meinst du nicht, ich sollte einen büstenhalter tragen?
mama hebt den kopf und mustert Klara. es könnte sein, sagt sie.
viele schulkolleginnen tragen einen bh. und überhaupt gucken mir die burschen immer nach.
also gut, sagt mama, mit dem konfirmationskleid kaufen wir dir einen büstenhalter.
das ist ja noch monate hin. und überhaupt, in meiner klasse haben alle einen.
was die anderen tun, geht uns gar nichts an, sagt mama.
Klara zieht den pullover über den kopf und stellt sich vor mama hin: schau, schon richtige brüste.
trägst du wieder kein unterhemd, wie oft muß ich dir das noch sagen. nierenerkältung wirst du kriegen. mama horcht nach dem korridor: zieh sofort den pullover wieder an.
das ist doch nur der Kurti, der schnarcht, sagt Klara und zieht den pullover wieder an. und in deiner klasse, Lettie, haben die anderen schon den Othmar? fragt sie mich.

jaja, seufzt mama, kleine kinder kleine sorgen, große kinder große sorgen.
nur eine hat den Othmar, die Lucia, aber sie sagt periode. wieso sagen wir eigentlich Othmar?
mama legt das strickzeug in den schoß und zündet sich eine zigarette an. Klara fläzt in papas sessel.
also, der Othmar, das ist so eine erfindung von tante Rosa und mir. wir hatten es satt, periode zu sagen, weil immer alle leute wußten, wovon wir redeten. und dann das mit der tante Rosa. es gibt leute, die sagen dazu tante Rosa. das konnten wir wirklich nicht, und so haben wir den Othmar erfunden.
einfach so? fragt Klara, oder habt ihr einen Othmar gekannt?
einfach so, bestätigt mama und greift nach den nadeln, einfach so. dieser name ist eine gute tarnung.
wieso tarnung? frage ich.
tja, sagt mama, das ist halt nichts, worüber man spricht.
aber wenn man verheiratet ist, dann kann man mit dem eigenen mann schon darüber sprechen? fragt Klara.
ich weiß nicht, wie das andere halten, aber ich habe da, nein, also schämen tu ich mich nicht, eine gewisse scheu, ja, das ist das richtige wort. ich rede nicht gern darüber, auch mit papa nicht.
so wie du dich nicht gern vor papa ausziehst? fragt Klara.
so ähnlich, ja, einfach eine gewisse zurückhaltung. das gehört dazu, denke ich, zu einer anständigen frau.

mama zieht sich immer so aus, daß kaum haut zu sehen ist. sie schlüpft mit dem kopf ins nachthemd und hantiert darunter wie in einem zelt. den beinen entlang zaubert sie unterrock, unterhemd, büstenhalter und unterhose hervor. ganz zum schluß verrenkt sie sich und streckt die arme in die nachthemdärmel.
ich glaube, sagt Klara träumerisch, ich glaube, ich möchte mich ganz einfach nackt ausziehen vor meinem mann.
Klara, sagt mama, das tut keine anständige frau. und auf alle fälle ist es noch zu früh, an so was nur zu denken. lerne du nur ein bißchen zurückhaltung, das kann dir nur gut tun. männer lieben frauen nicht, die sich ihnen an den hals werfen.
aber kinder habt ihr gemacht, stellt Klara fest.
sicher, sagt mama.
hat es dir gefallen, kinder zu machen?
was für eine frage. mama greift nach den zigaretten. was für eine frage.
komm, sag schon, sagt Klara schmeichelnd, es ist doch wichtig, solche sachen zu wissen.
ich sitze neben der standuhr und halte den atem an. der wunderknäuel liegt in meinem schoß, die nadeln halte ich still.
hm, sagt mama und zieht den rauch ein, es gehört halt dazu, zur ehe.
und hat es dir gefallen?
manchmal schon.
nicht immer? ist es denn nicht immer schön?

es ist halt nicht dasselbe für die frau wie für den mann, sagt mama und drückt energisch die zigarette aus.
wieso das? fragt Klara.
neben mir beginnt sich die standuhr zu räuspern. sie schlägt neun mal.
ab ins bett, mädchen, sagt mama, wir haben schon viel zu lange geplaudert.

Klara ist gut im turnen. sie kann alle übungen am reck und auf dem bock. sie kann klettern und an den ringen schwingen. ich habe angst vor allen geräten. papa sagt, ich hätte die richtige figur für leichtathletik und müsse mich endlich zusammennehmen.
im hof hinter der glätterei spielen wir ball. Klara wirft den ball zehnmal gegen die wand und fängt ihn wieder auf. dann tätschelt sie ihn neunmal gegen die wand. achtmal werfen und vor dem auffangen in die hände klatschen. siebenmal werfen und unter dem linken knie in die hände klatschen. wenn sie bei einmal werfen angekommen ist, muß sie sich um sich selbst drehen und den ball auffangen, bevor er den boden berührt. ich schaue zu, und dann soll ich. an die wand werfen und auffangen, das kann ich, doch tätscheln kann ich nur fünfmal, schon fällt der ball zu boden. versuch mit klatschen, sagt Klara. das

kann ich wieder. aber siebenmal werfen und unter dem knie klatschen kann ich nicht. du bist zu langsam, sagt Klara, du mußt schneller machen, damit du den ball fangen kannst. sie macht mir die ganze ballschule nochmals vor. dann soll ich es wieder versuchen. ich kann und kann es nicht. Klara langweilt sich. sie turnt an der teppichstange, schwingt sich um die querstange, daß die zöpfe fliegen. dann sitzt sie oben und blickt den beiden männern nach, die durch den hof gehen. dem einen gehört das café Meteor. mama sagt, der andere sei die frau und beide seien vom anderen ufer. ich sehe zwei männer. Klara rutscht die stange hinunter.

hast du gesehen? fragt sie.

was?

die beiden warmen.

was gesehen? frage ich.

daß sie warm sind, sagt Klara, das riechst du doch zwei kilometer gegen den wind.

sie nimmt mir den ball weg und spielt die ganze ballschule von anfang bis ende, ohne daß der ball den boden berührt.

ich schaue zu.

Weil Kurti krank ist, muß ich in der stube schlafen. er liegt in meinem bett mit glänzenden augen und roten wangen. die übliche mandelentzündung, seufzt mama, zum wievielten mal in diesem jahr.
sie wäscht Kurti mit essigwasser und zieht ihm einen frischen pyjama an. sie bezieht das bett neu. sie stellt den thermoskrug mit lindenblütentee auf ein taburett neben das bett. und das alles um sieben uhr früh. und jetzt schläfst du, sagt mama, ich komme bald nach dir schauen.
Klara und ich gehen zur schule, mama in die glätterei. Kurti bleibt allein zu hause. in der pause muß ich an ihn denken. ich weiß, wie es ist, krank zu sein. es macht angst, allein zu sein in der großen wohnung mit den ungewohnten tagesgeräuschen, doch es gefällt mir auch. ich komme mir groß vor und mutig. doch ob sich Kurti auch so vorkommt, weiß ich nicht. sicher ist er froh, wenn mama plötzlich im zimmer steht, mit fliegendem atem, weil sie den ganzen weg von der glätterei nach hause gerannt ist. sie wird ihm das kissen aufschütteln und frischen tee kochen und schnell wieder verschwinden.
am abend sind Kurtis hände ganz heiß, und er will nicht mal mit dem knopfsack spielen. mama seufzt wieder und wickelt ihn in ein nasses leintuch und bezieht das bett frisch. all diese wäsche, sagt sie, nur gut, daß ich die waschmaschine habe.
als ich kleiner war, wusch mama alle wäsche von hand in der waschküche oben unter dem dach. sie kochte die leintücher in

einem großen kupferkessel und zog sie mit einer holzzange heraus, tropfend und dampfend. die unterhosen rieb sie auf dem waschbrett sauber. ihre hände wurden rot und rissig. dann kaufte papa die waschmaschine, die auf einen betonsockel in der küche geschraubt wurde, damit sie nicht das ganze haus durchschüttelt. mama sortiert die wäsche nach farben, stülpt die taschen um und bürstet sie aus. sie füllt die maschine, die trommel dreht sich, und Johnny sitzt davor und dreht seinen kopf mit, fünf umdrehungen links, fünf rechts. später trägt mama die zaine voller nasser wäsche auf den estrich zum aufhängen. sie kommt außer atem dabei, aber gegen früher, sagt sie, sei das ein kinderspiel. ihr wißt gar nicht, was es heißt, wäsche von hand zu waschen, sagt sie zu Klara und mir. Klara murrt, daß sie auf diese erfahrung gut verzichten könne.
Kurti quengelt. er hält seinen teddybären umklammert und jammert nach papa. vorlesen, sagt er. du siehst doch, daß ich keine zeit habe, sagt mama, sei nicht so unvernünftig. Klara nimmt das 'rößlein Hü' vom wandbrett und setzt sich zu Kurti. ich sitze am kleinen tisch, mache aufgaben und höre auch zu. mama kommt und sagt, es sei zeit für die essigsocken. Kurtis füße werden in naßkalte lappen gewickelt, danach soll er tee mit honig trinken.

am freitag sagt papa: warum hast du doktor Leibundgut noch nicht angerufen ? so geht das nicht weiter. seit drei tagen schon, sagst du ?

doktor Leibundgut untersucht Kurti und sagt, es sei nicht gefährlicher als auch schon, aber es sei wirklich zeit für die operation, bevor Kurti in die schule komme. ich will nicht operiert werden, schluchzt Kurti. mama seufzt und bringt frischen tee. soll ich vorlesen, semmelchen? fragt Klara und streicht Kurti über den blonden schopf. Kurti schüttelt den kopf. Klara und ich stehen ratlos neben dem bett. Klara beginnt leise zu singen, Kurtis lieblingslied: 'ein loch ist im eimer'. wir singen alle strophen. als wir fertig sind, ist Kurti eingeschlafen.

Kurti will wissen, wohin die hälfte des mondes verschwindet, wenn er nur halb zu sehen ist.

tja, sagt papa und legt die zeitung weg, das ist allerdings eine frage. schau mal.

er zieht Kurti zu sich her. mach mal eine faust, ja so. deine faust ist die sonne. klar? also. und dieser apfel hier ist die erde und diese nuß der mond. kapiert?

ja, sagt kurti, aber wohin geht der halbe mond?

augenblick, so schnell geht das nicht. zuerst mußt du wissen, daß der mond selbst nicht leuchtet, sondern nur leuchtet, wenn ihn die sonne bescheint. die erde dreht sich um die sonne und der mond um die erde, so – papa dreht die nuß um den apfel und beide um Kurtis faust, bis seine hände ganz verschlungen sind – so drehen sie sich, und wenn nun der mond hinter der

erde steht, siehst du die nuß hinter dem apfel? dann wird der mond von der sonne nur zur hälfte beleuchtet.
und wohin geht die andere hälfte?
himmelkreuzdonnerwetter, das sag ich ja, nirgendswohin geht sie, wir sehen sie nicht, weil kein licht darauf fällt.
und wohin geht sie?
himmelarsch...
Albert, sagt mama, Albert.
ist doch wahr, wenn er einfach nichts begreift. also nochmals. deine faust ist die sonne. klar? also. und dieser apfel ist die erde und diese nuß der mond. kapiert?
schon. aber wohin –
Kurti, mischt sich Klara ein, es ist ganz einfach. der mann im mond hat eine nachttischlampe, und nachts legt er ein tüchlein darüber. und manchmal verrutscht das tüchlein, dann sehen wir den halben mond.
und wenn er das tüchlein vergißt, dann sehen wir den ganzen mond? fragt Kurti.
sakerment, sagt papa, erklär dem kleinen doch nicht einen solchen blödsinn, es ist überhaupt nicht so, Kurti, das sind ammenmärchen.
aber ich habe es begriffen, sagt Kurti, mama legt mir manchmal auch ein tüchlein über die lampe, und dann sehe ich das klavier nur halb. und du hast selbst gesagt, daß der mond nicht leuchtet, und das klavier, das leuchtet auch nicht.

papa wirft den apfel nach Kurti. himmelkreuz und überhaupt. der apfel schlägt an die wand und rollt über den boden. sind wir denn hier im irrenhaus? er wuchtet sich aus dem sessel. so ein blödsinn, der mann im mond. und wenn du lehrerin werden willst, mußt du lernen, etwas zu erklären, wie es wirklich ist, und kannst nicht solchen unsinn verzapfen.
im vorbeigehen gibt er Klara eine kopfnuß.
Albert, sagt mama, Albert.
ist doch wahr, schimpft papa und stapft hinaus.

ich komme nach hause von der sonntagsschule, und mama sagt: da bist du ja, geh in den keller und hol mir ein glas sterilisierte bohnen, eines von den großen, hörst du?
ich kaue an einem zopf und gebe keine antwort. papa tappt barfuß in die küche. das nachthemd flattert um seine beine. guten morgen allerseits, sagt er. er öffnet den kühlschrank und sucht darin herum. er findet eine kleine schale mit angetrockneten nudeln. er ißt sie mit den fingern und stellt das schälchen in den abwaschtrog. die hättest du weggeworfen, stimmt's, Nellie? sagt er. es dürfe nichts verkommen, sagt papa. die käserinde schneidet er ganz knapp weg und ißt auch den harten teil des käses. er ißt das alte brot, auch wenn schon neues im kasten liegt. auch wir müssen zuerst das alte brot essen, und wenn wir das alte gegessen haben, ist das neue brot auch alt.

papa ißt die reste aus dem kühlschrank, kalt und im stehen, nudelreste mit einem kleinen grauen pelz. das ersetze das penizillin, behauptet er.
es darf nichts verkommen.
wir schneiden das schuheinwickelpapier, das papa heimbringt, zu vierecken und stecken es in den kasten auf dem abort. das papier ist hart und glänzend und saugt nicht. aus alten arbeitsrapporten heftet papa notizbüchlein und zeichenblöcke. er kauft metallhülsen, damit wir die farbstifte aufbrauchen können bis zum letzten rest.
den neuen schuhen nagelt er halbmondförmige eisenstückchen auf die absätze, damit wir sie nicht so schnell ablaufen. auf den steinstufen im schulhaus klappern meine beschlagenen schuhe viel zu laut, und ich rutsche leicht aus.
papa nagt unsere bereits abgenagten hühnerknochen nach. hartes brot ist nicht hart, kein brot ist hart, merk dir das. und löscht das licht, wenn ihr aus dem zimmer geht, licht kostet geld, sagt papa.
wenn der zimmerherr zum abort geht und im zimmer das licht brennen läßt, geht papa hin und löscht es aus.

die bohnen, Lettie, mahnt mama.
Kurti schlürft seine milch und grinst mich an.
der keller ist groß und weitläufig, zwei gänge verzweigen sich nach der treppe. links ist der keller von Kögelmeier. schachteln

stehen hoch aufgestapelt. es riecht nach seife und bohnerwachs. was hinter den schachteln ist, kann man nicht sehen.
rechts geht der korridor zu den abteilen. unseres ist das hinterste. zuerst kommt das von Mandels. voller gerümpel, sagt mama. dann das von Mantuscheks. unordentlich, sagt mama. das von Zieglers ist aufgeräumt. ein altes kinderfahrrad, ein schrank, dessen farbe abblättert, ein aufgerollter teppich, der nach mottenkugeln riecht. und immer weiter in den korridor hinein, der gekrümmt ist, so daß ich nicht sehen kann, was zuhinterst ist. es raschelt im keller. ratten und mäuse wohnen da, und ich habe angst, daß sie mir über die füße rennen, habe angst vor meinen eigenen schritten, die im keller widerhallen. und angst auch, daß jemand die tür oben schließen könnte, die ordentliche frau Ziegler, die heimkommt, die offene tür sieht und das brennende licht. sie denkt, da sei wieder jemand unordentlich gewesen, die Mantuschek oder die Mandel. und dann löscht sie das licht, verschließt die tür, und ich sitze im dunklen keller allein mit den ratten und den mäusen und finde den lichtschalter nicht, und niemand hört, wenn ich schreie. erst am montag, wenn herr Kögelmeier seife braucht, geht die tür auf, und ich liege dahinter und bin gestorben vor angst.

einmal, hat mir Klara erzählt, einmal hat mich mama in den keller gesperrt. ich war noch ganz klein und hatte sie geärgert, ich weiß nicht mehr womit. und sie trug mich die treppen hinunter und setzte mich auf die kellertreppe. sie drehte mir das licht an und sagte: hier bleibst du, bis du wieder lieb bist. ich hörte, wie sie die tür zuschlug und den schlüssel umdrehte. ich fror. ich war noch so klein und im nachthemd, ja, im nachthemd, daran erinnere ich mich genau, es war hellblau und mit dunkelblauen bändern eingefaßt. ich saß da und fror und hatte angst, grauenhafte angst hatte ich. ich heulte und schrie, und sie öffnete nicht. und dann weinte ich nicht mehr, saß nur ganz starr und ganz kalt da. als sie mich holen kam, sagte ich nichts, kein sterbenswörtchen. ich weinte nicht. sie wusch mich und zog mich an und sagte, dies sei halt die strafe gewesen. das habe ich ihr nie verziehen, nie.

in diesen keller soll ich gehen, und mir graust beim gedanken daran. Kurti stellt die tasse ab und sagt: angst hast du.
nein, sage ich, nicht angst, nur die vielen treppen.
worum geht's? erkundigt sich papa. in den keller? wie wär's, Lettie, ich glaube, ich brauche ein bißchen bewegung.

mit dem großen schlüssel schließt papa die kellertür auf. schwerfällig steigt er die steile treppe hinunter. paß auf, daß du nicht fällst, sonst bist du ein gefallenes mädchen, sagt er.
unten gucken wir hinter die Kögelmeierkisten. nichts gefährlicheres als weitere schachteln und kisten stehen dahinter. wir gehen den krummen korridor entlang und schauen in jedes abteil.

papa erzählt. von Zieglers sohn, der das kleine fahrrad fuhr und später ein größeres und beinahe schweizermeister geworden wäre, wenn er sich nicht die falsche frau ausgesucht hätte. eine, sagt papa, die ihn nicht unterstützte, verstehst du? eine gute frau soll ihren mann unterstützen. und so ist er denn kein meister geworden. und nach hause kommt er auch nicht mehr. deshalb hat frau Ziegler diesen harten mund. und Mantuscheks kommode, sagt papa, eine richtige barockkommode. ich weiß noch gut, wie sie gebracht wurde, neu und glänzend, und wie frau Mantuschek jammerte und schimpfte, die träger sollen ja nicht anstoßen. und wie sie aufschrie bei jeder treppenstufe aus angst, ihrer kostbaren kommode könnte etwas passieren. und jetzt steht sie da, sagt papa, unmodern und abgenutzt. siehst du, alles ist vergänglich.
in unserem abteil stehen aufgereiht die einmachgläser, ordentlich der größe nach, die gläser mit den mirabellen und birnen, die bohnengläser und die mit aprikosen und zwetschgen. und die kleineren marmeladengläser, sauber beschriftet in mamas genauer schrift: johannisbeergelee, himbergelee, aprikosenkonfitüre. auf der hurde liegen kartoffeln und äpfel. papa sucht sich einen rotwangigen aus und beißt hinein. neben der hurde steht das protzige schmiedeiserne weingestell, die ecken verziert mit dicken trauben. von meinem vater, sagt papa kauend, aus besseren tagen. auf gebogenen eisenbändern verstauben die flaschen, und je schmutziger sie sind, umso besser ist der wein.

ja, ja, sagt papa und streicht über die trauben, aus besseren tagen. wir suchen ein großes bohnenglas aus und gehen zurück. papa erzählt, daß ratten unglaublich gescheite tiere seien und ganz viel wüßten. das wispern im keller sei die sprache der mäuse, die sich schließlich auch irgendwie verständigen müßten, zum beispiel darüber, daß jetzt zwei so große menschenwesen kämen und es für kleine mäuschen besser sei, sich zu verstecken.
ich lösche das licht, und papa verschließt die kellertür. wir steigen die vielen treppen hoch, und papa keucht ein bißchen und pfeift durch die zähne.

am nachmittag jassen wir. onkel Max mischt die karten. ich spiele mit papa. wenn er rose ausspielt, muß ich auch rose ausspielen. wenn Klara schellen gibt und papa eichel, dann hat papa eicheln verworfen, und ich darf sie nicht bringen. wenn ich sie trotzdem bringe, schreit er auf: himmelarschundzwirn, die habe ich doch grad verworfen, hast du denn keine augen im kopf? schilten hättest du bringen müssen.
ich passe gut auf. ich habe schon einmal den match verdorben, weil ich die falsche karte gebracht habe. wenn ich trumpf machen soll und dann schiebe, ist papa nicht zufrieden. ich darf nicht schieben, wenn ich einen dreifärber habe, aber ich muß schieben, wenn ich nicht mindestens bauer und nell und handkarten habe für einen guten trumpf. papa sagt: schilten ist trumpf. weil ich geschoben habe, muß ich ausspielen. ich habe

von schilten nur den bauer. papa sagt, um anzuzeigen, daß ich den trumpfbauer allein habe, müsse ich eine sechs ausspielen. ich habe keine sechs. wir machen trotzdem einen doppelten match. papa ist zufrieden.

nach jedem spiel diskutieren onkel Max und papa den spielverlauf.

wenn Lettie das rosenas früher ausgespielt hätte, wären meine rosen bock geworden und...

onkel Max unterbricht papa: Lettie hatte das rosenas gar nicht, das lag bei Klara.

quatsch, sagt papa, Lettie hatte es, sie spielte es erst im zweitletzten stich, und wenn...

Albert, Klara hatte das rosenas und hat es gleich gespielt, nachdem die trümpfe gegangen waren, und daraufhin wurde dein bauer bock.

Klara sagt zu papa: du selbst hattest das rosenas.

papa bekommt einen roten kopf und holt tief luft: ich? sagt er fragend, ich? wiederhol das, Klara, ich soll das rosenas gehabt haben, ich?

kommt, kommt, sagt onkel Max und mischt die karten, halb so wild, sind ja noch am lernen, die mädchen.

Klara übt jeden tag klavier. dienstags geht sie zu fräulein Vontobel in die klavierstunde. Klara kennt die noten und kann schon viele stücke. ich lerne flöte spielen, aber ich kenne keine noten, ich kann sie mir einfach nicht merken. ich kann nur einfache lieder spielen, deren melodie ich im kopf habe. Klara muß für die aufnahmeprüfung ins seminar gut sein im klavierspielen und im turnen und in allen anderen fächern auch. sonst kann sie nicht lehrerin werden. wenn mama und papa nicht zu hause sind, spielt Klara schlager auf dem klavier und singt dazu. Kurti und ich sitzen auf dem sofa und klatschen. Klara steht auf und verneigt sich.

später, sagt sie, später habe ich mein eigenes orchester, wenn ich überhaupt sängerin werde. vielleicht werde ich filmschauspielerin, wie Brigitte Bardot. sie sagt nicht Brigitte sondern Brischitt, das ist französisch.

ich will auch sänger werden, sagt Kurti. er setzt sich ans klavier und drückt auf den tasten herum. Klara und ich lachen.

das war ein lied, sagt Kurti.

das hat aber falsch getönt, sagt Klara.

das kannst du gar nicht wissen, sagt Kurti, ich habe das lied selbst erfunden.

es war trotzdem falsch, behauptet Klara.

wenn ich es doch selbst erfunden habe, beharrt Kurti.

Klara neckt Kurti, bis er mit dem klavierstuhl auf sie los geht. sie lacht ihn aus und schlägt ihm die tür vor der nase zu.

Eliane hat hinter den büchern ihrer mutter ein sehr altes buch gefunden. es heißt: 'Das Liebesleben von Mann und Frau'. es ist in alter schrift geschrieben, und wir haben mühe, f und p und t zu unterscheiden.
wir sitzen auf dem estrich und studieren das buch. ein kapitel heißt: der zungenkuß. da steht, daß sich mann und frau die zunge in den mund strecken, wenn sie sich küssen.
glaubst du das? frage ich, ich habe das noch nie gesehen bei mama und papa. Eliane sagt, sie habe es auch noch nie gesehen, aber wenn es hier stehe, werde es wohl stimmen. sie schlägt vor, es auszuprobieren.
wir sitzen nebeneinander auf der matratze. Eliane dreht mir ihren kopf zu. wir strecken beide die zungenspitzen heraus, die zungenspitzen berühren sich.
ihih, das ist seltsam, sage ich. Eliane nickt. nochmals, sagt sie. unsere zungenspitzen berühren sich, einmal, zweimal. das seltsame gefühl geht nicht weg. mich gruselt ein bißchen vor Elianes zunge und vor ihrer spucke. der kleine fleck zungenhaut, den sie mit ihrer zunge berührt hat, brennt. ich ziehe die zunge in den mund zurück, um sie abzukühlen.
Eliane studiert das alte buch. das war nicht richtig, sagt sie. sie drückt ihre lippen auf meine. das ist ein normaler kuß, und dann, wenn die lippen aufeinander sind, dann müssen die zungen zusammen kommen.
nicht heute, sage ich, wir üben morgen weiter.

einverstanden. Eliane schlägt das buch zu und versteckt es hinter der matratze. wir stehen auf. mir ist im kopf ganz leicht, wie schwindlig.

tante Loni und onkel Max kommen zum abendessen. Kurti sitzt auf einem dicken kissen, damit er zur fonduepfanne reichen kann. papa wedelt mit seiner gabel durch die luft: aufgepaßt, wer sein brot in der pfanne verliert, muß die nachbarin küssen.
welche? erkundigt sich onkel Max.
du darfst wählen, sagt papa und taucht seine gabel in den flüssigen käse. onkel Max verliert ständig sein brot. rechts von ihm sitzt Klara. er küßt sie jedes mal auf beide wangen.
kannst du nicht besser aufpassen? fragt Klara.
du bist halt ein hübsches mädchen, sagt papa, da kann einer schon den kopf, pardon, das brot verlieren.
onkel Max und papa lachen laut. Klara rümpft die nase.
was heißt den kopf verlieren? fragt Kurti.
ich habe dich schon lange nicht mehr gesehen, sagt tante Loni zu Klara. Klara verdreht die augen.
was höre ich da? sagt mama.
den kopf verlieren heißt, daß ein mann, also… wie, was? fragt papa.
ich habe Klara lange nicht mehr gesehen, sagt tante Loni, du hast wohl viel zu tun wegen der aufnahmeprüfung.

aber sie kommt doch jeden zweiten mittwoch zu dir, sagt papa.

eben, sagt tante Loni leise.

was eben?

eben kommt sie nicht. ich dachte, weil sie so viel lernen muß.

und das sagst du erst jetzt, das ist doch der gipfel.

Klara kratzt in der leeren fonduepfanne herum. ihr gesicht ist tiefrot.

Klara, schau mich an, sagt mama, wo warst du immer mittwochs?

mhm, sagt Klara und kaut an den käseresten, schiebt brot nach: mhm.

antworte, donnert papa und schlägt die faust auf den tisch, antworte.

ich soll doch nicht mit vollem mund sprechen, sagt Klara.

wo warst du mittwochs? mama.

wie lange geht das schon? papa.

ich dachte eigentlich nur... tante Loni.

es wird ihr verleidet sein, das ist doch begreiflich, du bist halt keine gute gesellschafterin, Loni. onkel Max legt fürsorglich den arm um Klaras schultern.

wo warst du? mama.

wie lange geht das schon? papa.

Klara zuckt die achseln und schiebt den arm von ihrer schulter.

wo warst du? mama.

und mit wem? papa.

und weshalb, wenn ich fragen darf? mama.
das ist doch alles halb so schlimm, sagt onkel Max, jetzt beruhigt euch mal. Albert, gib mir noch ein schlückchen von dem ausgezeichneten kirsch. woher hat du ihn eigentlich? exzellent. und wie steht es mit dem nachtisch?
eigentlich wollte ich nur sagen… tante Loni.
papa greift zur kirschflasche. wir sprechen uns noch, sagt er zu Klara. sie zuckt die achseln.
ich nehme den finger aus dem mund.

am nächsten abend sagt papa: also Klara, jetzt will ich wissen, was es mit diesen mittwochs auf sich hat.
mittwochs? sagt Klara fragend und dreht an ihrem zopf.
du weißt ganz genau, was ich meine, sagt papa, wieso du nicht bei deiner tante warst und wo du dich herumgetrieben hast, das will ich wissen.
ich treibe mich nicht herum, sagt Klara.
in der gosse wirst du enden, wenn du jetzt schon anfängst mit herumlottern, sagt papa.
ich bin nicht hingegangen, weil es so langweilig ist. und überhaupt könntet ihr euch auch mehr um tante Loni kümmern, nicht nur Lettie und ich.
vorwürfe willst du mir machen? das ist ja noch schöner. wo du warst, will ich wissen, und mit wem. und wenn du mir keine antwort gibst, prügle ich sie aus dir heraus.

versuch's doch, sagt Klara.
warst du mit diesem jungen zusammen, mischt sich mama ein, dem mit dieser schmalzlocke?
Klara wirft mir einen blick zu, und ich schüttle ganz leicht den kopf. ich habe nichts verraten vom knabenschießen, bei mir sind geheimnisse sicher. manchmal vergesse ich sie sogar, weil es so viele sind.
wen meinst du? fragt Klara mit honigsüßer stimme.
frag nicht so blöd, warst du oder warst du nicht?
ich schleiche hinaus.
drinnen geht es weiter und weiter. ich gehe ins schlafzimmer und stelle mir mein maisfeld vor. trotzdem höre ich, wie papa die hand auf den tisch schlägt und mamas stimme schrill wird: das glaube ich dir nicht, das nicht, freiwillig lernen, ausgerechnet du.
ihr könnt ja herrn Tanner fragen, sagt Klara unter der tür, schließlich will ich ja ins seminar, oder, und von euch kommt ja überhaupt keine unterstützung.
sie geht ins bad und schließt mit dem schlüssel ab, was wir nicht dürfen und nur der zimmerherr darf.
da soll doch, höre ich papa aus der stube, unglaublich. glaubst du das, Nellie?
bei diesem teufelsbraten ist alles möglich, sagt mama.

Wie wär's Nellie, sagt papa, wenn wir uns über weihnachten und neujahr ein paar schöne tage machen würden? wir könnten aufs land fahren, zu Roggenmosers, ich habe schon angerufen, die wohnung ist noch frei. die kinder könnten schlitteln, und wir würden jassen mit Roggenmosers. was haben wir doch gelacht im herbst, weißt du noch? als der Roggenmoser erzählte, daß er immer ein kalbsplätzli in die unterhosen legt, bevor er lange velo fährt, damit er nicht wund wird.
mama zieht die unterlippe zwischen die zähne und sagt nichts. die nadeln klappern lauter. sie strickt graue strumpfhosen für mich. die letzten, Lettie, hat sie gesagt, du hast zu lange beine. ich bin froh, daß es die letzten sind, denn die strumpfhosen kratzen und beißen, und ich kann nicht stillsitzen in der schule.
was meinst du? fragt papa.
nein, sagt mama laut und deutlich.
toll wär's, stell dir den Kurti auf dem schlitten vor, sagt papa, und so richtig winterweiße weihnachten, toll.
nein, sagt mama nochmals.
also Nellie, daß du so heikel bist und nur wegen dem plumpsklo, das hätt' ich nie gedacht.
ich bin nicht heikel, sagt mama, schließlich habe ich es zwei wochen lang ausgehalten.
dann steht dem ja nichts im wege, dann ruf ich gleich nochmals an, um es fest zu machen, zwei wochen, so lange kann ich mich

schon freimachen über die festtage, und die Rosa muß halt alleine zurechtkommen.
nein, sagt mama. ich fahre da nicht hin. und meine kinder auch nicht. wenn du gehen willst, bitte.
ich soll alleine fahren? und ohne euch weihnachten feiern? also Nellie, das ist denn doch die höhe.
ich komme nicht mit, unter keinen umständen, sagt mama und zündet sich eine zigarette an, unter keinen umständen.
aber damals, in der skihütte, da hat dir das plumpsklo nichts ausgemacht und auch der holzherd nicht, und gerade das hat mir an dir so gut gefallen, daß du nicht so zimperlich warst wie die anderen frauen, die nicht mal ein feuer zustande brachten.
was hat das damit zu tun, daß du allein in die ferien fahren willst?
aber das will ich doch gar nicht, ich sag's ja, nur wegen der kinder will ich hin, damit sie an der frischen luft sind, nur wegen Letties lunge.
und wegen dem jassen und den schmutzigen witzen, sagt mama, aber nicht mir mir.
sie steckt die nadeln fest und rollt das grauwollene strickzeug zusammen: nicht mit mir, Albert.
da soll einer die frauen verstehen, sagt papa, aber wenn du partout nicht willst…

papa kauft bei Kögelmeier dicke weiße kerzen, um sie vor die fenster zu stellen. er hat die kerzen günstiger bekommen, weil sie beschädigt sind.
das wird auch nichts nützen, sagt mama.
aber wir zeigen immerhin, daß wir nicht einverstanden sind, sagt papa, der Russe meint sonst, er könne sich alles leisten, alles. eine mauer bauen quer durch ein land, hat man denn so was schon gehört.
wir zünden die kerzen an und stellen sie vor die fenster. es sieht festlich aus, und mir wird ganz feierlich zumute.
stellen wir die kerzen hinaus, damit uns das christkind besser findet? fragt Kurti.
nein, Kurti, sagt papa, wir stellen sie hinaus für alle die menschen, die gefangen und traurig sind.
aber, sagt Kurti mit gefurchter stirn, aber wenn sie gefangen sind, können sie unsere kerzen ja gar nicht sehen.
das stimmt natürlich, sagt papa, aber vielleicht spüren sie, daß wir an sie denken.
die Mandel natürlich, sagt mama und wirft papa einen blick zu.
er nickt: das habe ich mir schon gedacht, daß sie da nicht mitmacht. die rennt lieber in versammlungen und bringt männer mit nach hause.
Albert, sagt mama.
aber sieh mal, da drüben, sagt papa, die ganze Langstraße voller lichter. es gibt doch noch denkende menschen im land.

am Heiligen Abend liest papa vor aus der Bibel, und danach singen wir: 'Stille Nacht, Heilige Nacht' und 'Es ist ein Ros' entsprungen'. Klara und ich schauen uns nicht an, damit wir nicht lachen müssen. mama schimpft, wenn wir singen: es ist ein roß entsprungen aus einer metzgerei. verhunzen täten wir das lied, sagt sie, wir hätten auch gar keine ehrfurcht.

Kurti ist unruhig und zupft an den päckchen herum, die sich in der zaine neben mama türmen. mama schubst ihn mit dem fuß weg und stimmt ein neues lied an: da draußen bei den heiden scheint die sonne so heiß, da lebt manches kindlein, das vom Heiland nichts weiß.

ich sehe die trockene heiße wüste vor mir, wie ich sie auf bildern gesehen habe, und die dunklen kinder in zerlumpten kleidern. wenn ich zu Albert Schweitzer gehe, werde ich ihnen die weihnachtsgeschichte vorlesen und für sie geschenke einpacken. in der sonntagsschule steht ein negerlein, das nickt, wenn ich einen zwanziger in den schlitz werfe. das geld ist für die armen in Afrika und für Albert Schweitzer, weil er ihnen hilft. er hat keine angst vor krankheiten und wunden, und die neger lieben ihn, und hier bewundern ihn alle, weil er so mutig und tapfer ist. man darf nicht immer nur an sich denken, sagt papa.

wenn ich könnte, ei so lief' ich zu dem traurigen kind und erzählt' ihm, was ich wüßte von dem Heiland geschwind.

vielleicht, sagt Klara, vielleicht sind sie ganz glücklich ohne unseren glauben.

wenn ich groß bin, gehe ich dahin, sage ich.
papa lacht: eine nach der anderen bitte. also Klara, du willst nicht in die mission? besser so, du würdest den armen kerlen doch nur den kopf verdrehen. und was aus dir mal wird, Lettie, das werden wir sehen.
päckli, päckli, verlangt Kurti.
auch die geschenke, die ich gemacht habe, liegen in der zaine. Klara hat mir die socken für papa fertiggestrickt und beim verpacken geholfen. mama holte die schachtel vom estrich, in der die glattgestrichenen geschenkpapiere und die gebügelten bändeli den sommer verbringen. ich kenne jedes papier, weil wir es schon seit jahren benutzen. papier, das ich nicht erkenne, bedeutet ein päckchen von tante Iselle, von onkel Max oder tante Loni.

ich bekomme vier bücher von papa. willst du vier gebrauchte bücher oder ein neues? hatte er mich gefragt, und ich sagte: vier gebrauchte.
einmal hatte mich papa mitgenommen in den buchladen mit den schon gelesenen büchern. antiquariat stand über der tür. der laden war klein und vollgestopft mit büchern bis unter die decke. ein langer dünner mann stand zwischen den gestellen. papa tauschte seine kriminalromane um. er bekam für zehn stück ausgelesene fünf stück, die er noch nicht kannte. ich durfte mir ein buch aussuchen. auf dem heimweg sagte papa, der buchhändler

sei ein roter, ein ehemaliger spanienkämpfer, man müsse aufpassen mit ihm. ich war froh, daß ich nicht allein im laden war.

außer den büchern bekomme ich mamas alte schlittschuhe aus grauem wildleder. ich kann mich nicht recht freuen. auf der eisbahn haben alle weiße schlittschuhe und keine grauen. ich schäme mich schon jetzt.
gefallen sie dir nicht? fragt mama. ich habe sie kaum getragen, sie sind frisch geschliffen und fast neu.
ja, sage ich, aber sie sind grau.
wie müßten sie denn sein?
weiß, sage ich, und kein wildleder.
jetzt schau mal einer das fräulein an, sagt papa, den armen negerkindern helfen, aber selbst das neuste haben, das paßt zusammen.
du kannst ja weiße überzüge tragen, sagt Klara.
ich nicke. die weißen überzüge sind aus dicker wolle gestrickt, und die füße sehen aus wie klumpfüße.
mama entwirrt die geschenkbändeli und streicht das papier glatt. papa stellt mit Kurti die Märklin-eisenbahn auf, die ihm onkel Max geschenkt hat. wir dürfen alle aufbleiben, solange wir wollen.

an Silvester essen wir bohnen und zunge und kartoffeln. onkel Max erzählt witze. mama sagt: attention, und zeigt mit dem kinn auf Kurti und mich.

die verstehen mehr, als du denkst, sagt onkel Max.
eben, sagt mama, deshalb.
irrtum sprach der igel und stieg vom kaktus, sagt Kurti.
onkel Max verschluckt sich, und tante Rosa klopft ihm auf den rücken. sein gesicht wird dunkelrot.
woher hast du das? fragt mama.
von papa, sagt Kurti.
tante Loni sitzt da mit einem lächeln im gesicht, das aussieht, als ob es jemand verloren hätte. sie läßt tante Rosa auf onkel Max herumklopfen und sagt gar nichts.
nach dem essen soll Kurti ins bett. ja, wir wecken dich, wenn das neue jahr kommt, sagt mama.
sicher? Kurti schaut papa fragend an.
versprochen, sagt papa.
onkel Max zieht neben der vitrine eine neue weinflasche hervor. und wie wär's mit ein bißchen klaviermusik? fragt er Klara. sie läßt sich nicht lange bitten. sie setzt sich ans klavier und spielt ihre schlager, sie spielt und singt, wirft ihre zöpfe über die achseln und beugt ihren oberkörper über die tasten und richtet sich wieder auf im takt der musik.
rasse hat das mädel, sagt onkel Max, rasse. er stellt sich neben sie und legt ihr die hand auf die schulter. sie schüttelt die hand ab und stimmt einen neuen schlager an: zwei kleine Italiener, die fahren...
einmal das meer sehen, seufzt mama, nicht Loni?
jaja, sagt tante Loni.

einmal das meer sehen, sagt mama oft. und reiten möchte sie oder tennisspielen. alles zu teuer, nicht für unsereins. ja, wenn papa brückenbauer geworden wäre… dann seufzt mama und sagt: manchmal frage ich mich, ob das nun wirklich alles ist. so redet sie, wenn wir zu dritt im herrenzimmer sitzen. dann legt sie die strickarbeit beiseite und zündet sich eine zigarette an: macht etwas aus euch, mädchen, nicht daß ihr euer leben in einer stikkigen glätterei verbringen müßt so wie ich. gereist wäre ich gerne, doch dann kam der krieg, und da bin ich nun, arbeit von morgens bis abends, nichts als arbeit.

tante Rosa öffnet die tür zum herrenzimmer und rollt den kleinen perserteppich zusammen, ein erbstück von papas eltern. was vom muster noch zu sehen ist, ist orange und rot und verschlungen. manchmal setze ich mich auf den teppich und fahre mit dem finger dem muster nach und träume mich in ein fernes land. Kurti behauptet, der teppich sei ein fliegender teppich und gehorche ihm. er sei mit ihm über die ganze stadt geflogen bis zum Großmünster. er habe Karl den Großen in seiner nische gesehen und das große zifferblatt am Sankt Peter. mit mir fliegt der teppich nicht, aber ich höre pferde wiehern und stampfen und sehe dunkelhäutige menschen, die in farbige tücher gewickelt sind und in einer fremdartigen sprache reden. das sehe ich, wenn ich auf dem teppich sitze, aber nur, wenn ich allein bin.

tante Rosa rollt ihn achtlos zusammen und sagt: ein fadenscheiniges stück wohlstand. sie schiebt die rolle unter das schwarze pult und ruft onkel Max zum tanzen.
Klara spielt noch immer. sie kann fünf schlager spielen, und wenn sie fertig ist, beginnt sie von vorn. onkel Max legt tante Rosa den arm um die taille, und sie drehen sich im kreis. tante Rosa stützt ihr handgelenk auf seine schulter und spreizt die finger weg. das sei eleganter, als die ganze hand auf die schulter des mannes zu legen, sagt sie.
mama räumt den tisch ab. papa klatscht im takt zur musik und feuert Klara an: schneller, schneller, schau wie sie sich drehen. onkel Max läuft der schweiß in den hemdkragen. er lockert die krawatte. tante Loni starrt löcher in die luft.
ich döse auf dem sofa. papa öffnet die dritte flasche wein. jetzt holen wir den zimmerherrn, sagt er, der soll mit uns anstoßen. das ist doch nichts, so allein ins neue jahr zu gehen.
ausgerechnet, sagt mama, ausgerechnet, hab ich dir nicht erzählt, daß er mir letzte woche fünf nagelneue perlonhemden gezeigt hat und in seiner komischen sprache erklärte, daß man die niemals mehr bügeln muß?
genau, sagt tante Rosa, das geschäft ruinieren wollen sie uns mit diesem perlonzeug. mich nimmt nur wunder, wie lange das hält, das kann doch nichts wert sein, wenn es nicht gebügelt werden muß.
aber er kann trotzdem mit uns anstoßen, sagt papa.

du biederst dich an und denkst nicht daran, wie uns das schadet, sagt mama.
er hat doch die perlonhemden nicht erfunden, sagt papa.
aber er trägt sie, ruft tante Rosa.
und hat noch die frechheit, sie mir unter die nase zu reiben, ergänzt mama.

als nächstes höre ich Kurti weinen, und papa rüttelt mich an der schulter: Lettie, es ist gleich zwölf.
Kurti quengelt: wo ist das neue jahr?
und mama sagt: ich hab es dir doch gleich gesagt, du sollst ihn nicht wecken.
ich hab's doch versprochen, sagt papa.
dann läuten alle kirchenglocken, und wir stoßen an. mama läßt sich vom zimmerherrn die wangen küssen, und onkel Max küßt Klara mitten auf den mund. sie wischt sich den mund ab.
ä häppi nju jir, sagt der zimmerherr.
und eines mit bügelbaren hemden, flüstert mir tante Rosa zu.
mama trägt Kurti ins bett zurück, der zimmerherr verabschiedet sich. papa und onkel Max singen am tisch: wenn's dann schön schaukele tuet, junge, das tuet guet. onkel Max rülpst nach jedem wort.

das neue jahr ist da.

papa breitet die straßenkarte auf dem tisch aus.
einmal das meer sehen, sagt er und tätschelt mamas hand, dieses jahr fahren wir hin, wir alle werden das meer sehen.
und wer soll das bezahlen? fragt mama.
später Nellie, darüber reden wir später. jetzt guckt mal, kinder, das ist das Tessin, die Südschweiz, da fahren wir hindurch und hier, bei Chiasso gehen wir über die grenze und fahren bis nach Mailand. auf italienisch heißt das Milano. dort steht ein dom, ganz aus zuckerwerk, ein gotischer dom, den schauen wir uns an und dann, und dann...
papa stützt sich schwer auf den tisch und atmet durch den offenen mund. auf seiner oberlippe glänzt schweiß.
und dann, fragt Kurti, und dann papa?
einen augenblick, Kurti, sagt papa gepreßt.
mama sieht auf: was ist los, Albert, du bist ja ganz blaß.
ich fühl mich so..., sagt papa. er läßt den tisch los und stützt sich auf mamas schulter. hinlegen, einen moment, murmelt er.
ich gehe an seine andere seite. mama sucht Klaras blick und zeigt mit dem kinn auf Kurti. Klara nickt.
ganz langsam gehen wir durch den korridor, schritt für schritt, am sekretär vorbei, den wandschränken, an den türen zum herrenzimmer und zum zimmer des zimmerherrn, schritt für schritt. papa atmet schwer. meine schulter schmerzt von seinem harten griff.
endlich das elternschlafzimmer. papa läßt sich schwer aufs bett

fallen. er nestelt am hemdkragen und öffnet den obersten knopf. mama bückt sich, zieht papa die hausschuhe aus und hebt seine beine aufs bett. schon besser, murmelt papa.
tut dir etwas weh? wo? fragt mama, ist es die gallenblase?
papa nickt und zeigt auf seinen linken arm: hier und im rücken, und das atmen, sagt er. nach jedem wort ein mühsamer atemzug, jedes wort ein kampf. ich kann ihn fast nicht verstehen.
öffne das fenster, sagt mama leise zu mir. ich drücke mich an der zimmerlinde vorbei und ziehe den vorhang beiseite. durch das offene fenster schlägt der verkehrslärm ins zimmer. mama schickt mich nach einem nassen lappen. aus unserem zimmer höre ich Kurti und Klara. sie spielen mit der eisenbahn. ich halte den lappen unter das kalte wasser, bis meine hände klamm sind.
mama legt papa den lappen auf die stirn. sein gesicht ist weißer als das kopfkissen, die lippen grau. er atmet keuchend. mama hält seine hand. geh nur, Lettie, sagt sie leise, ich rufe dich, wenn ich dich brauche.
ich bleibe bei der tür stehen und lausche papas atemzügen. nach einer weile sagt mama, ohne den kopf zu drehen: ruf doktor Leibundgut an, er soll kommen, sag ihm, es sei dringend.
nach dem telefonieren stehe ich wieder unter der tür und warte. plötzlich setzt sich papa auf und sagt mit ganz normaler stimme: ich muß mal.
du bleibst liegen, sagt mama bestimmt, du bleibst liegen, Albert.

aber ich muß mal, beharrt papa.
bring mir eine pfanne, Lettie, sagt mama. ich bringe die milchpfanne, und sie schickt mich hinaus. schließ die tür, sagt sie.
ich stehe vor der geschlossenen tür, höre gedämpften verkehrslärm und die stimmen von Kurti und Klara und das zischende geräusch der eisenbahn. dann klingelt es. Doktor Leibundgut schiebt sich durch die tür mit seiner schwarzen tasche. gallenkolik? fragt er mich. ich zucke die schultern und führe ihn ins elternschlafzimmer.
guten tag, sagt doktor Leibundgut fröhlich beim eintreten, guten tag, was haben wir denn da. geschichten machen sie, herr Rast. er drückt mama die hand und stößt mit dem fuß an die pfanne auf dem boden. mama stellt sie neben die zimmerlinde. der doktor beugt sich über papa, hält kurz sein handgelenk, zieht das stethoskop hervor und preßt es auf papas brust. dann sagt er in verändertem ton: sie rühren sich nicht vom fleck, herr Rast, verstanden, ich rufe sofort die ambulanz.
mama folgt ihm ins herrenzimmer: ist es schlimm? er nickt und sagt: herzinfarkt. er darf unter keinen umständen aufstehen.
ich habe ihn nicht aufstehen lassen, sagt mama, er hat in die pfanne – , und dann kippt ihre stimme, und sie geht schnell hinaus.
als die träger mit der bahre kommen, steht sie bereit im dunkelgrauen kostüm mit dem kleinen passenden hut, die handtasche unter dem arm. sie hat auch papas reisetasche hervorgeholt, in

der er immer rasierzeug, nachtwäsche und unterhosen mitnimmt.
papa sagt gar nichts, als ihn die träger auf die bahre packen und in decken einwickeln wie ein kind. sein gesicht ist jetzt grau, die lippen fast violett. sein atem geht stoßweise.
ruf Klara, sagt mama.
ich bleibe bei Kurti und höre, wie die tür geöffnet wird, schritte auf der treppe, halblaute kommandos von doktor Leibundgut: nicht so schnell, den kopf nicht tiefer als die füße, nein, aufgepaßt um die kurven. dann das schließen der wohnungstür.
Klara kommt zurück und sieht mich mit fragend hochgezogenen augenbrauen an. ich zucke die achseln. sie kniet sich zu Kurti und sagt: hör mal, papa ist krank und mama hat ihn ins spital begleitet. morgen sind sie wieder da.
Kurti schaut auf: muß papa die mandeln operieren lassen?
das nicht, sagt Klara, er muß nur untersucht werden. aber morgen ist er wieder da.
ist gut, sagt Kurti und koppelt einen gepäckwagen an die lokomotive.

zum abendessen brät uns Klara spiegeleier, und wir tunken das gelbe mit brot auf. danach essen wir ein ganzes glas zwetschgenkompott leer und streuen soviel zimt und zucker über die zwetschgen, wie mama nie erlauben würde. dann sagt Kurti, ihm sei schlecht.

wir gehen jetzt alle zu bett, sagt Klara, wir schlafen zusammen im elternschlafzimmer, wie findet ihr das.
Kurti hüpft vor freude und vergißt seine übelkeit. ich gehe ins elternschlafzimmer. papas bett ist zerwühlt, die decke auf den boden gerutscht, das kissen zeigt noch den abdruck von papas kopf. der nasse lappen liegt zusammengeknüllt auf dem nachttisch. neben der zimmerlinde steht die milchpfanne.
was ist denn das? fragt Klara, die mir nachgegangen ist.
papas pipi, sage ich.
wie? papa hat in die milchpfanne gemacht? das ist ja toll. sie beginnt zu lachen, und ich lache mit. Kurti hüpft auf den betten herum und singt: papa hat pipi gemacht in die mi-hi-hilchpfanne. ich lache und lache. ich lasse mich auf den boden fallen und halte meinen bauch mit beiden händen. ich kann nicht aufhören. das lachen würgt in mir und drückt mich. tränen laufen mir über die wangen.
Klara fängt sich als erste. es reicht, Kurti, sagt sie, runter vom bett und ab zum zähneputzen. dann schaut sie mich an. du weinst ja, sagt sie. nein, sage ich, ich lache, und dann schluchze ich wirklich. Klara streckt mir ein taschentuch hin. ich putze mir die nase, und sie sagt: geh und leere die pfanne und fülle sie mit wasser. gib ein bißchen abwaschmittel hinein.
du denkst, wir wärmen wieder milch darin? frage ich, und ein schluchzendes lachen steigt wieder in meinen hals.
aber sicher, sagt Klara, wegen dem bißchen pipi.

ich trage die pfanne hinaus und leere sie in den spültrog, und dann kommt mir in den sinn, daß ich sie im abort hätte leeren sollen.

am morgen weckt uns mama. sie trägt noch immer das graue kostüm mit dem passenden hut. sie wärmt uns milch und sagt: also kinder, papa ist schwer krank, und die ärzte wissen nicht, ob er es übersteht. ihr gesicht ist klein und weiß und starr. sie wissen nicht, ob er es übersteht, wiederholt sie. ich werde jetzt telefonieren und dann wieder ins krankenhaus fahren. du schaust zu ihnen, Klara, nicht?

Klara nickt und bestimmt, daß ich zu hause bleiben soll bei mama. sie bringt Kurti in den kindergarten und geht selbst zur schule.

noch im hut setzt sich mama ans telefon. ich sitze am küchentisch und starre die heliomaltbüchse an: den jungen und das mädchen und die frau in der blauen schürze, die eine heliomaltbüchse in der hand hält, darauf wiederum der junge und das mädchen zu sehen sind und die frau in der blauen schürze, die eine heliomaltbüchse in der hand hält und darauf wiederum…

wenn ich ganz genau gucke, kann ich zehnmal die heliomaltbüchse zählen, eine in der anderen oder auf der anderen, aber ob noch weitere da sind, ob es nicht siebzig oder hundert büchsen sind, auch wenn ich sie nicht sehe – mir wird schwindlig, wie wenn ich den sternenhimmel angucke und mir schwindlig wird vor lauter unendlichkeit.

einmal hat uns papa mitten in der nacht geweckt und uns den sternenhimmel gezeigt, in den herbstferien war es, weil auf dem land die sterne besser zu sehen sind. er hat uns den großen und den kleinen wagen gezeigt, er hat hierhin und dorthin gezeigt, und mir tat das genick weh vom hinaufstarren. dann tat mir noch etwas anderes weh, etwas in mir drin, und ich hätte gern geweint und wußte nicht recht warum. ich hatte angst vor all den sternen, die so weit weg sind. manche glühen gar nicht mehr, sagte papa, sie sind längst erloschen, vor jahrmillionen, und wir sehen ihr licht, weil es so lange braucht von ihnen zu uns.

das machte mir angst, daß da ein licht unterwegs ist seit vielen tausend jahren, die lampe ist schon längst erloschen, und das licht reist allein, es ist einfach auf der reise, und eines tages sehen wir es. ich fühlte mich ganz klein. ich griff nach papas hand, und er hielt meine hand fest. seither kann ich nie in den himmel gucken ohne herzklopfen. ich fragte, wo denn in dieser unendlichkeit der liebe gott wohne, und papa sagte, das wisse niemand.

hinter diesem stern, sagte Kurti, und er hat ein goldenes schloß und goldenes besteck und goldene teller und ganz viele, viele plüschtiere. papa strich ihm über den kopf und sagte: vielleicht ist es so. Klara sagte gar nichts. sie seufzte nur, und ich sagte: mir ist schwindlig, und wir gingen hinein.

jetzt ist mir schwindlig von der heliomaltbüchse, eine büchse in der anderen und noch eine und noch eine, und soviele, die ich gar nicht sehen kann, und trotzdem sind sie da.
ich stehe auf, räume die büchse weg und stelle die tassen zusammen. ich höre mama am telefon: ja, er schwebt zwischen leben und tod. und sie stellt eine neue nummer ein und sagt wieder: er schwebt zwischen leben und tod.
ich sehe papa in der luft, schwebend, ein dicker ballon, seine füße sind nackt und sein nachthemd flattert, und er hält es vorne zusammen, damit niemand sehen kann, was er zwischen den beinen hat. ich muß kichern, und dann schäme ich mich und wasche schnell die tassen ab.
mama kommt, und ich sage: du hast noch immer den hut auf.
habe ich, sagt sie und greift nach dem kopf: tatsächlich. sie nimmt den hut ab und dreht ihn in den händen. sie hat noch immer das starre gesicht.
ich gehe jetzt wieder ins krankenhaus, sagt sie, wenn ihr etwas braucht, geht zur Rosa.
ich nicke. sie setzt den hut wieder auf und geht.

am abend essen wir ravioli aus der büchse. mama kommt zurück und bleibt mitten in der küche stehen. er hat mich nicht angeschaut, sagt sie, er spricht nicht. sie schluckt und würgt, und es tönt wie schluckauf. Klara steht auf und umarmt sie. ich umarme mama von hinten und lege meinen kopf an ihren rücken.

Kurti steht neben ihr und zupft sie am rock: mama, erzähl ihm vom meer, von den großen schiffen und vom zuckerdom, erzähl ihm das, mama.
mama macht sich los und nimmt ihren hut ab. das werde ich, Kurti, sagt sie.
und eine zeichnung könnte ich ihm machen, mama, und ein gedicht haben wir gelernt heute, eines für den frühling, wenn du mich mitnimmst, sage ich es ihm auf: drei elfen tanzen im sonnenlicht, lauschen, was der märzwind spricht, drei zwerge läuten den frühling ein mit weißen und goldenen glöcklein fein, drei... drei... jetzt weiß ich nicht mehr weiter.
schon gut, semmelchen, das ist ein feines gedicht, sagt Klara. ich erschrecke. sie sagt sonst nur semmelchen, wenn Kurti krank ist. ich denke zum ersten mal, daß papa vielleicht stirbt.

onkel Max kommt vorbei mit rosen und pralinen. mama sagt danke und legt beides aufs buffet. keine hat lust, die rosen einzustellen. er umarmt mama und sagt: schlimme geschichte, wer hätte das gedacht. und dann fragt er, wie es mit dem geld aussehe und ob mama genug im hause habe. er zieht seine brieftasche und drängt mama einen schein auf, den sie achtlos entgegennimmt.

Klara und ich gehen zu bett, und mama kommt mit Kurti zum beten. früher war das immer so, aber jetzt gehen Klara und ich

meist später ins bett als Kurti, und mama kommt ohne ihn. Klara betet das unser vater, und ich bete: müde bin ich, geh' zur ruh, und zum schluß Kurti: engelchen, engelchen zeit, mach mich am morgen bereit, nicht zu früh und nicht zu spat, grad wenn's glöcklein sieben schlat.
die schlimmste strafe für mich ist, wenn mama nicht zum beten kommt. ich weiß dann, daß mama böse ist, daß eine von uns irgend etwas falsch gemacht hat. ich möchte nicht, daß mama böse ist, ich will eigentlich auch nicht unartig sein, doch manchmal weiß ich nicht, was mama will. ich denke dann, daß ich das tue, was ich sollte, aber wenn sie nicht mit uns betet, weiß ich, daß ich nicht das richtige getan habe. nach dem beten gibt sie jeder einen kuß auf die stirn und stopft leintuch und wolldecke straff unter die matratze. sobald mama draußen ist, rupfe und zupfe ich alles wieder unter der matratze hervor.
heute sagt mama: lieber gott, beschütze unseren papa. wir sagen: amen und nicken, dann küßt sie uns und geht mit Kurti, ohne die decken einzustopfen.

am achten tag kommt mama nach hause und sagt: er ist über den berg, immerhin sagen das die ärzte. ihr gesicht ist weniger starr.
können wir ihn besuchen? fragt Klara.
noch nicht, sagt mama, es braucht jetzt alles seine zeit.
und am nächsten tag geht Klara und läßt sich die haare schnei-

den. weißt du, sagt sie zu mir, wenn er gestorben wäre, hätte ich mich mit zöpfen konfirmieren lassen, aber jetzt.
was jetzt, frage ich, wieso jetzt?
eben, jetzt muß er nicht meinen, daß ich mich beuge, nur weil er ein bißchen krank ist.
mama seufzt, als sie Klaras haare sieht.
ausgerechnet jetzt, sagt sie, ausgerechnet, wo dein vater mit dem tode kämpft.
eben nicht, sagt Klara, du selbst hast gesagt, er ist über den berg.
ich versteh' dich einfach nicht, kind, sagt mama. da warst du mir so eine große hilfe in diesen tagen, und nun das. besuchen kannst du ihn so auf keinen fall, er könnte einen rückfall haben.

am tag vor Klaras konfirmation dürfen Kurti und ich einen augenblick zu papa. er liegt in einem weißbezogenen bett. ein schlauch kommt aus seiner nase, und ein zweiter verbindet seinen arm mit einer aufgehängten flasche. papa lächelt ein mageres lächeln und hält unsere hände fest. Kurti, Lettie, sagt er und macht die augen zu, läßt aber unsere hände nicht los. stirbst du jetzt papa? fragt Kurti, und ich trete ihm auf den fuß. papa öffnet die augen und sagt: nein, jetzt sterbe ich nicht, ich komme bald nach hause.
plötzlich steht da eine krankenschwester, lautlos ist sie gekommen. der hat niemand eisenstückchen an die schuhe genagelt, um absätze zu sparen, denke ich.

geht jetzt, kinder, sagt sie, euer vater braucht noch viel ruhe. sie greift nach papas handgelenk und zieht eine uhr aus der brusttasche. ich gucke zu, wie sie den puls zählt, und bewundere ihre sicherheit. auf wiedersehen papa, sagen wir, und er hebt müde die hand zum abschied. erst beim hinausgehen sehe ich, daß andere kranke im zimmer liegen, sechs betten und jedes besetzt. ein mann wirft sich herum und stöhnt. ich komme gleich zu ihnen, sagt die krankenschwester.
ich öffne leise die tür und will sie ebenso leise schließen, doch sie fällt mir aus der hand und kracht ins schloß. mit heißem kopf stehe ich im korridor. mama kommt aus einer nische und fragt: hast du diesen krach gemacht, Lettie? du bist doch einfach unmöglich.

bei der konfirmation ist papa nicht dabei. es fällt mir schwer, in der kirche stillzusitzen. der pfarrer spricht vom weg ins leben und von steinen auf diesem weg. dann müssen alle konfirmandinnen und konfirmanden vortreten. Klara trippelt durch die kirche auf ihren hohen absätzen. ihre beine glänzen in den neuen nylonstrümpfen. pah, hohe absätze, hat sie zu mir gesagt, als mama nur vier zentimeter erlaubte, ich könnte auf viel höheren gehen, das kannst du mir glauben.
Klara hat die haare hochgetürmt und die lippen weiß geschminkt. aufrecht steht sie da, und ich weiß, daß sie unter dem kleid mit dem bauschigen rock und dem kurzen jäckchen den neuen büstenhalter trägt.

draußen wird fotografiert, und mama sagt: wir sehen wohl eher aus wie auf einer beerdigung. sie hat recht, die ganze gesellschaft wirkt düster. Klara im vorgeschriebenen schwarzen kleid, mama in dunkelgrau, der kleine schleier an ihrem hut vergittert ihr gesicht. onkel Max im dunklen zweireiher, die großeltern sowieso in schwarz und dunkelblau. auffallend ist nur tante Iselle mit ihrem wagenradgroßen hut, dunkel auch der, aber geschmückt mit farbigen blumen.

onkel Max hat mama überredet, das essen im restaurant zu bestellen. wir gehen ins Passage und essen im reservierten säli kalbsbraten und kartoffelstock mit gemüsegarnitur. onkel Max witzelt mit tante Iselle. sie hat ausrasierte augenbrauen, und die gemalten brauenbogen hat sie so hoch in die stirn gezogen, daß ihr gesicht einen ständig fragenden ausdruck hat. du solltest die augenbrauen wenigstens zupfen, sagt tante Iselle zu Klara, und Klara nickt und wirft einen blick auf mama. sie hat nichts gehört und starrt verloren auf das tischtuch. sie sieht beinahe aus wie tante Loni, die neben ihr sitzt.

papa kommt nach hause und muß sich schonen. ganz langsam steigt er die treppen hinauf, auf jedem absatz bleibt er stehen und wischt sich den schweiß von der stirn. er atmet schwer, und ich beobachte ihn ängstlich. später stellen wir einen stuhl ins treppenhaus, damit er ausruhen kann vom bergsteigen, wie er das treppensteigen nennt.

jaja, sagt er, die pumpe will halt nicht mehr richtig.

das wichtigste sind jetzt die beinbinden und die tabletten. morgens muß mama papas beine einbinden, unten fest und oben etwas lockerer. und nichts darf drücken. abends rollen wir papas beinbinden auf. andere leute tragen gummistrümpfe, aber papa ist allergisch auf gummi, und deshalb müssen die beine gewikkelt werden, für jedes bein drei binden, und papa sagt: sicher, daß du eine gute krankenschwester wirst, Lettie, so schnell und exakt wie du die binden aufwickelst. und mama sagt: wenn sie noch lernt, türen leise zu schließen.

ich senke den kopf auf die binden. ich habe mir ein system zugelegt: ich rolle die binden übers knie, und so bin ich schneller als Klara und mama.

die tabletten trägt papa immer bei sich, und abends liegen sie auf dem nachttisch. wenn papa ruft und nach atem ringt, muß er sofort eine der kleinen kugeln haben. er öffnet den mund, und ich lege die schlüpfrige kapsel hinein. er beißt darauf und schließt die augen. ich warte, und nach ein paar minuten sagt er: jetzt ist es gut. manchmal braucht er auch einen alkoholwickel.

in eine kleine schale gebe ich kaltes wasser und einen schuß kirsch dazu. ich lege den lappen hinein und drücke ihn aus. papa öffnet die knöpfe am nachthemd, und ich lege den kühlen lappen auf seine linke brust.

papa sagt nichts zu Klaras frisur. erst als er die fotos sieht, sagt er: wie, also vor der konfirmation? hast mir also die freude nicht machen können. im krankenhaus lag ich und fast wär' ich gestorben, und du hast nicht warten können.
er legt die fotos auf den nachttisch und schickt Klara und mich hinaus. den ganzen abend ruft er nicht, kein einziges mal. ich schäme mich und fühle mich schuldig und weiß nicht, wofür.

Vor schuleintritt sollen Kurtis mandeln und polypen entfernt werden. Kurti sitzt auf mamas bett und fragt: tut das weh, papa?
papa läßt die zeitung sinken: ich denke schon, Kurti, daß es etwas weh tut.
schlimm?
allzuschlimm wohl nicht, sie werden dir kühlen tee und eis geben, das nimmt die schmerzen.
muß ich lange im spital bleiben?

eine woche, sagt doktor Leibundgut, nur eine woche, und wenn du wieder gesund bist, gehst du zur schule.
redet ihr wieder vom spital, sagt mama, die mit frisch gebügelter wäsche hereinkommt. es wäre besser, ihr würdet von etwas anderem reden. die mandeln kommen raus und die polypen auch, und spüren tust du gar nichts, und danach kannst du besser atmen.
aber papa sagt, es tut weh, beharrt Kurti.
ach was, weh, das ist nichts, schließlich bist du schon ein großer kleiner mann.
mama öffnet die schranktür und legt die leintücher auf den stapel. papa nimmt die zeitung wieder auf. Kurti rutscht vom bett und schlüpft aus dem zimmer.

alles hat sich verändert.
Klara geht ins lehrerinnenseminar und läßt sich dort Carla nennen. auch ich nenne sie jetzt meistens Carla, und selbst mama sagt oft Carla, nur papa hält an Klara fest.
ich gehe in die sekundarschule, zu den gleichen lehrern, bei denen Klara war.
Kurti ist in der ersten klasse, hat keine mandeln und keine polypen mehr und atmet trotzdem durch den offenen mund. mach den mund zu, sagt mama, und Carla ergänzt: es zieht. Kurti lacht und läßt den mund offen. er hat einen lesekasten und soll worte

legen aus buchstaben, doch er verwechselt alle und kann nicht einmal seinen namen schreiben. Carla übt geduldig mit ihm und nennt ihn semmelchen, doch es nützt alles nichts. Kurti sagt: ich kann sie nicht unterscheiden, sie sehen alle gleich aus. augenarzt, sagt papa, und der augenarzt stellt bei Kurti eine hornhautverkrümmung fest. er könne gar nicht sehen, was er schreiben solle.

Kurti bekommt eine brille mit metallgestell und beweglichen bügeln. ständig fällt ihm die brille runter, und papa flickt die gebrochenen bügel mit leukoplast.

papa arbeitet nur noch wenige tage in der woche. nach dem abendessen legt er sich gleich ins bett. ich muß ihm die schuhe ausziehen, die beine auswickeln und die binden aufrollen. dann schäle ich einen apfel, schneide ihn in schnitze und richte sie an auf einem teller. dann braucht papa ein glas wasser. dann muß das fenster geöffnet oder geschlossen werden. dann braucht papa die lesebrille und die zeitung vom letzten samstag. dann muß ich die flasche leeren, die unten im nachttisch versorgt ist. die flasche ist aus glas und sehr schwer, besonders wenn sie voll ist. papas pipi leuchtet golden durch das glas, und ich leere die flasche in den abort und spüle sie aus.

dann gehe ich aufgaben machen. ich muß französisch lernen, und wenn Carla am tisch sagt: donne-moi le beurre, verstehe ich, was das heißt. ich muß verben und wörtli lernen und aufsätze

schreiben und rechnungen lösen, die ich nicht begreife. ich gehe mit dem heft zu papa, und er erklärt, und ich verstehe nichts.
also, wenn drei arbeiter, nimm die finger aus dem mund, Lettie, also, die heben den graben aus, und einer wird krank nach einem tag, und die anderen beiden arbeiten weiter, dann mußt du...
ich verstehe es nicht und wüßte gerne, was der kranke arbeiter hat und ob er die beine einwickeln muß.
papa beginnt von vorne. sein kopf wird rot, und auf der stirn sammeln sich schweißtropfen. er wischt sie mit dem handrükken weg und sagt:
also nochmals, drei arbeiter... er wischt wieder den schweiß weg, und ich sage: jetzt habe ich's kapiert und husche mit dem heft davon.

dann läutet papa. Carla hat ihm eine glocke geschenkt, die er schwenkt, wenn er etwas braucht.
an der schlafzimmertür treffe ich mit Carla und mama und Kurti zusammen.
ach, sagt papa, so schlimm ist es nicht, daß ihr alle kommen müßt. nur etwas frische luft. und vielleicht einen alkoholwickel. und ein glas frisches wasser.
mama öffnet das fenster, Carla nimmt das wasserglas, und ich renne nach dem alkoholwickel.
später läutet papa wieder. wir rennen hin, und er sagt gar nichts,

liegt grau in den kissen, preßt die rechte hand auf den linken brustkorb und atmet schwer. die stirn ist voller schweiß, der über die augen rinnt. das sieht aus, als ob er weinen würde. mama nimmt eine der glitschigen kapseln. papa öffnet den mund mit geschlossenen augen. wir warten und hören seinen atemzügen zu.

der Leibundgut? fragt mama leise, und papa schüttelt leicht den kopf. sie wischt ihm den schweiß weg und zieht den warmgewordenen alkoholwickel unter seinem hemd hervor. ich erneuere den wickel, und mama legt ihn papa aufs herz.

wir warten. seine atemzüge werden tiefer, der schweiß läßt nach, etwas rosa kehrt in sein gesicht zurück. dann öffnet er die augen und sagt: nur die pumpe, kinder, was steht ihr auch alle so herum?

manchmal kommt abends onkel Max und setzt sich zu papa ans bett. er bringt einen kleinen transistorradio mit, und sie hören musik. papa läutet und sagt: hört mal zu. wir stehen im schlafzimmer und hören zu, und papa sagt: das war Mozart, merkt euch das.

dann diskutiert er mit onkel Max über politik. die sache mit Kuba sei gefährlich, meint papa, doch der Kennedy werde sie wohl ausbügeln. onkel Max kontert, daß es besser wäre, wenn er auch die sache mit Berlin ausbügelte. daß an dieser mauer

menschen erschossen würden, sei eine katastrophe. an dieser mauer lauert der dritte weltkrieg, sagt onkel Max.
dann wird er nervös und beginnt in seiner jacke herumzusuchen, und papa sagt scharf: hier drin wird nicht geraucht, du weißt, daß ich das laster aufgegeben habe, es wäre besser, du tätest es auch.
jaja, sagt onkel Max, du entschuldigst.
er geht zu mama ins herrenzimmer und setzt sich in papas sessel. das sieht irgendwie falsch aus. mama und onkel Max sitzen sich gegenüber, beide rauchen und reden leise miteinander. dann läutet papa, und wir rennen hin, und dann geht mama zurück und setzt sich und nimmt eine zigarette, eine mit filter. papa sagt, wenn sie schon rauchen müsse, dann wenigstens mit filter, und ich muß bei fräulein Zimmermann Colonial filter verlangen.
mama setzt sich und seufzt, und onkel Max schlägt die beine übereinander und betrachtet seine schuhspitzen: du hast es nicht einfach.
mama seufzt noch einmal und sagt mit verkrampftem lächeln: du ja auch nicht. wer hat es schon einfach.
eben, sagt onkel Max, dann gehe ich noch ein bißchen zu ihm.
er drückt seine zigarette aus und setzt sich zu papa, und sie lösen kreuzworträtsel aus dem neuen Problem.

Carla hat eine neue freundin, die Mary heißt und hellblonde, hochtoupierte haare hat, weißgeschminkte lippen und dunkelumrandete augen.
dieser name, sagt papa, dabei heißt sie wohl ganz einfach Marie. und der lippenstift und diese haare, und so eine kleine flöte will lehrerin werden.
Albert, sagt mama. Albert.
ist doch wahr, sagt papa, die ist doch kein umgang für Klara, diese wasserstoffblondine.
Carla gefällt es im seminar. es sei ganz anders als in der sekundarschule. sie hat viele verschiedene lehrerinnen und lehrer, und die sagen den schülerinnen sie. sie habe ich gefragt, sie, Carla, das klingt erwachsen, und Carla sagt, die alten hätten ihr bald nichts mehr zu befehlen.
sie steht vor dem spiegel und zupft ihre augenbrauen aus und biegt ihre wimpern hoch. sie drückt mitesser aus und toupiert ihre haare. sie rasiert ihre achselhöhlen und die beine und streicht sie ein mit einer creme, damit sie braun werden und sie strümpfe sparen kann. doch die beine werden gefleckt, und Carla flucht und muß strümpfe kaufen. von ihrem taschengeld muß sie strümpfe kaufen und znünibrote und schminkzeug und überhaupt alles. sie sagt, niemand in der klasse sei so kurz gehalten wie sie. und niemand sonst komme aus dem arbeiterviertel, außer Mary und ihr. die schulkolleginnen wohnten am Zürichberg oder am see, und ihre väter seien doktoren und professoren.

dein ganzes geld ausgeben für diesen mist, sagt mama und wirft Carlas schminkzeug in den kübel. Carla schreit auf und sagt: das ist mein geld, und wenn du mir alles wegwirfst, dann stiehlst du. sie durchwühlt den kübel und wirft den abfall auf den küchenboden, zigarettenstummel, kaffeesatz, durchweichtes papier und apfelschalen, und zieht den augenschattenstift heraus und den lippenstift und die puderdose.
laß das drin, schreit mama, ich will kein angemaltes flittchen als tochter. Carla schreit zurück, und mama reißt sie an den haaren. Carla heult auf, doch mama läßt nicht los. Carla rutscht auf den apfelschalen aus und fällt neben den kübel. mama drückt ihr gesicht in den halbgeleerten kübel und schreit: du gehörst in den abfall, nicht nur dein schminkzeug.
papa kommt aus dem schlafzimmer, barfuß, im nachthemd, das er sich vorn zusammenhält.
aufstehen, donnert er, aufstehen. mama läßt Carlas haare los, und Carla steht auf. ihr gesicht ist verschmiert mit wimperntusche und kaffeesatz, die haare stehen ihr wirr um den kopf, ihre bluse ist zerdrückt und verfleckt.
du entschuldigst dich sofort bei deiner mutter, sagt papa.
kommt mir nicht in den sinn, sagt Carla, sie hat angefangen. sie streicht sich die haare zurück und steht sehr gerade.
Kurti hat sich im speisekämmerchen versteckt und die tür zugezogen. ich schleiche durch die wohnungstür davon.

Eliane läßt mich ein. krach? fragt sie. ich nicke. sie macht ovomaltine und legt Boléro von Ravel auf. sie erzählt mir von einem knaben in ihrer klasse, der grüne augen habe und lange wimpern wie ein mädchen. ich höre nur halb zu. Eliane kommt zu mir. sie umarmt mich und streichelt meinen verkrampften rükken. das ist angenehm. wir sitzen ganz eng im polstersessel, und Eliane küßt meine nasenspitze. mir wird wohlig warm.
wir hören nicht, daß Elianes mutter heimkommt. sie steht plötzlich unter der wohnzimmertür und fragt: was macht ihr denn da?
ach, nichts, sage ich und rutsche vom sessel.

Ich drücke mich in meine ecke und horche ins herrenzimmer. eigentlich habe ich mir vorgenommen, nie mehr zuzuhören, weil ich gar nicht wissen will, wer mit wem streitet. und doch will ich es wissen. ich drücke mich in meine ecke und nage am letzten rest meines daumennagels. das sollte ich auch nicht tun, ich sollte mich schämen, weil ich zu groß bin dafür. ich schäme mich und tue es trotzdem.
einmal habe ich für zwei monate aufgehört, weil mama mir ein geschenk versprochen hatte. ich gab mir große mühe und kaute ständig süßholz, das ich bei frau wasserfall kaufte. dann schenkte mir mama ein nageletui in einem süßlichen rosa. es waren erst ganz wenig nägel zu sehen. ich putzte sie einmal mit der nagel-

feile aus dem etui, und dann vergaß ich das süßholz und biß die nägel wieder ab.

es ist schamlos, sagt tante Rosa, einfach schamlos, du läßt dir von ihm den hof machen, während dein mann drüben nach luft ringt.

wovon redest du eigentlich, Rosa? fragt mama.

von Max und dir, natürlich, sagt tante Rosa.

wie kommst du dazu, so etwas zu behaupten, sagt mama.

ihre stimme ist sehr ruhig, fast sanft. ich weiß gut, wie mama aussieht, wenn sie diese stimme hat. ihr gesicht ist hart und angespannt, und die falte von der nase zum mundwinkel tritt scharf hervor. und kaum hat sie fertig gesprochen, zieht sie die unterlippe zwischen die zähne. hart sieht sie aus, wie stein, und ihre stimme ist so ruhig und sanft. wenn mama etwas sagt, muß ich immer ihr gesicht anschauen, um herauszufinden, was sie wirklich meint, weil ihre stimme und ihre sätze oft nicht zu ihrem gesicht passen. doch auch wenn ich sie anschaue, kann ich nicht immer entscheiden, ob ich ihrer stimme und ihren sätzen glauben soll oder ihrem gesicht. jetzt bin ich ganz sicher, daß sie zu ihrer weichen stimme ihr hartes gesicht macht.

es ist nicht schön von dir, solche behauptungen aufzustellen, was weißt du denn schon, sagt mama mit einem kleinen seufzer.

ich soll nichts wissen, sagt tante Rosa höhnisch.

auch sie kann ich mir gut vorstellen, wahrscheinlich steht sie vor mama und hat die hände in die hüften gestemmt. ihr haar ist zerwühlt und ihr gesicht auch.

was ich nicht weiß, macht mich nicht heiß, sagt sie bitter, aber leider weiß ich eben, wo er doch immer zu mir kommt und sagt, er habe keine zeit, weil er sich verpflichtet fühle als Carlas pate und Alberts freund. und dann sitzt er hier bei dir im herrenzimmer, und Albert liegt drüben allein.
ich hör' mir das nicht länger an, Rosa, sagt mama, und ihre stimme ist ein klein wenig schärfer. ich hör' mir das nicht länger an, schließlich bin ich verheiratet und er auch.
und wann hast du dich bisher um seine frau gekümmert? daß die Loni spinnt mit ihrem Jonathan, das wissen wir doch längst, die nimmt es doch gar nicht wunder, wo sich ihr mann herumtreibt.
in die ferien mitgenommen habe ich sie, sagt mama, und das war kein honigschlecken, sag' ich dir, so etwas von ungeschickt, schlimmer als die Lettie.
aber daß er ständig bei dir hockt, auch bis nachts spät, und wer weiß, vielleicht bis zum morgen, das weiß die Loni wohl, und glaub nur nicht, daß es ihr gut tut.
bis zum morgen, wiederholt mama, ich schäme mich für dich, Rosa.
mit deiner leidensmiene bindest du ihn an, jawohl, du weißt ganz genau, daß männer einer leidenden frau nicht widerstehen können, da müssen sie sich als beschützer aufspielen. und so tapfer, daß ich nicht lache, tapfer. und dabei jammerst du mir beim bügeln den ganzen tag die ohren voll, damit du abends die tapfere spielen kannst, wenn er kommt.

ich sehe mama und onkel Max vor mir, wie sie sich gegenüber sitzen im herrenzimmer, onkel Max in papas sessel, und wie er sich vorbeugt und mama feuer gibt und wie sie lächelt und sagt: es geht schon, Max, ich habe ja die kinder und dich.
und wie er sich zurücklehnt und sie betrachtet mit einem blick, den ich nicht auf mir spüren möchte, und lächelnd sagt: schneid hast du, das muß man dir lassen. mama guckt zu boden, und eine leichte röte steigt ihr in die wangen. sie lächelt und sieht plötzlich ganz jung aus.
und onkel Max sagt: für die Carla komme ich auf, wenn es darum geht, die soll ihr seminar machen können, die ist begabt, daran soll es nicht scheitern.
mama hebt den kopf und sagt: ach Max, darum geht's zuallerletzt, schaffen mag ich allemal.
sie gucken sich an, und onkel Max nickt und sagt: du hast wohl recht.
und ich denke an das fest damals, als papa noch gesund war, und an das paar, das sich in meiner ecke umarmte, und an tante Rosas schuhe. dann denke ich an tante Loni und an die vielen plüschtiere im kinderzimmer, in dem sie ihre tage verbringt.

da streiten wir uns also um einen mann, der keiner von uns gehört, sagt mama, wie kannst du nur, Rosa, du weißt genau, daß ich Albert treu bin.

das bestreite ich gar nicht, sagt tante Rosa, das nicht, und trotzdem nimmst du ihn mir weg.
tante Rosa schluchzt. mir ist plötzlich übel. ich gehe ins schlafzimmer, werfe mich auf mein bett und wühle den kopf ins kissen.
später kommt mama und fragt: was ist los, Lettie? sie setzt sich zu mir auf den bettrand. das tut sie sonst nur zum beten. ich setze mich auf: mir ist so übel. und dann lege ich meine arme um ihren hals. sie hält mich in einer harten umarmung. alles an mama ist hart, ich spüre den mit stäbchen verstärkten büstenhalter, ihren hüftgürtel und ihren spitzen ellbogen. alles ist hart, doch sie hält mich umarmt, und plötzlich muß ich weinen.
nicht doch, Lettie, sagt mama und streicht mir über die stirn. fieber hast du, Lettie. sie hilft mir beim ausziehen, steckt mich ins bett und stopft leintuch und wolldecke fest. ich lasse alles geschehen, wie wenn ich Kurti wäre. mama bringt mir eine tasse kamillentee und streicht mir übers haar.
am morgen ist meine pyjamahose voll blut, und ich sage zu Carla: der Othmar ist gekommen. sie nimmt mich mit ins badezimmer, und ich werfe die hose in den stinkenden kübel. den deckel mache ich schnell wieder drauf. Carla sagt, ich solle mich waschen. sie bringt mir einen bindengürtel und eine Camelia rose aus dem schrank. sie zeigt mir, wie ich die binde einhängen muß, damit sie hält. mama sagt: den Othmar hast du, ach so, deshalb. und ich sehe, daß sie erleichtert ist.
am mittag ist meine gesäßspalte wundgescheuert vom binden-

gürtel, der sich da eingenistet hat. die hose ist trotz der binde blutig. ich wechsle die hose und werfe die schmutzige in den kübel.

Carla übt täglich klavier, weil sie bald vorspielen darf und hofft, entdeckt zu werden. es seien zwar nur langweilige sonaten, aber wichtig sei auch die figur, die sie am klavier mache. alle schülerinnen von frau Vontobel werden vorspielen, und Carla will die beste sein.
höchste zeit, daß Kurti mit der geige beginnt, sagt papa, das gibt ein schönes duett. mich fragt niemand mehr, ob ich ein instrument spielen wolle. schon auf der blockflöte habe ich nur gelernt, drei lieder zu spielen. mama sagt: die Lettie hat kein ohr für musik.
aber der Kurti, sagt papa, du wirst sehen, der wird ein virtuose, auf den wir einmal stolz sein können.
wo er doch immer falsch singt, sagt Carla.
singen und geigen ist nicht dasselbe, sagt papa. jetzt hole ich die geige meines bruders vom estrich, und dann kann er beginnen.
sie ist im wandschrank, sagt mama, oben drin.
papa holt ein taburett aus der küche, steigt darauf und beginnt im wandschrank zu suchen. was es da alles hat, murrt er, hilf mal, Lettie.
übernimm dich nicht, Albert, sagt mama.

keine angst, die geige will ich, sonst nichts.
papa reicht mir bündelweise briefe herunter, vergilbt und mit alten marken beklebt. die markensammlung meines großvaters, sagt er, sicher ein vermögen wert, die sollten wir einmal schätzen lassen, was Nellie.
er reicht mir fotoalben und lose fotos, die mir aus den händen gleiten, dann ein in seidenpapier gewickeltes etwas. die lieblingspfeife meines vaters, sagt papa, echt meerschaum.
ich wickle das seidenpapier auf und halte ein gebiß in den händen. ich schreie auf und lasse es fallen, das gebiß springt auf und grinst mich höhnisch an.
verdammt nochmal, Lettie, was bist du ungeschickt, jetzt hast du das gebiß meiner mutter zerbrochen.
das braucht sie wohl nicht mehr, ruft mama aus der küche, und überhaupt, den ganzen kram sollte man wegschmeißen.
wegschmeißen, sagt papa, sicher nicht, das ist alles, was ich noch habe von meiner familie.
er steht auf dem taburett und entfaltet die todesanzeige seines bruders, der vor dreißig jahren gestorben ist. in tiefer trauer, murmelt er, Albert Rast, könnte gar meine eigene todesanzeige sein, Albert Rast, achtzehn jahre alt war er und ein geigenspieler, wie du ihn nicht oft hörst. und überhaupt, der beste im rechnen, im turnen und in den sprachen auch, hat gedichte gemacht, sogar auf lateinisch, ja der Albert. hilf mir mal, Lettie.
ich muß neben das taburett stehen, und er stützt sich schwer auf

mich. ich lege mich mal eben hin, nur einen augenblick, sagt er. und das ganze durcheinander, murrt mama. Carla kommt und kichert über das grinsende gebiß. wer soll das denn tragen?

und daß ihr mir ja nichts fortwerft, ruft papa aus dem schlafzimmer, kein stück.

Carla steigt auf das taburett, und ich muß ihr alles wieder hinaufreichen, nur das gebiß rühre ich nicht an. mama hebt es auf, wickelt es ein und reicht es Carla. wenn wir nur nie umziehen müssen, sagt sie.

mama öffnet den nächsten wandschrank und guckt hinter die eingemotteten wollmänteln. oh, ruft Carla, den da, mama, den könnte ich nächsten winter tragen, schau mal, der kleine pelzkragen.

unsinn, sagt mama, der ist für eine alte frau, nicht für dich.

das ist aber wieder modern, diese mäntel auf taille, sagt Carla.

jaja, sagt mama ungeduldig und drückt die mäntel in den schrank zurück, nimmt mich nur wunder, wo diese geige ist.

und dann läutet papa, und ich muß die flasche leeren und einen apfel schneiden. und später braucht er einen alkoholwickel, aber keine kapseln.

papa öffnet seine dunkelbraune mappe und zieht zwei beutel heraus, die er auf den küchentisch wirft: ein hausierer bin ich geworden, nichts anderes. da, dieses zeug soll ich verkaufen, wie früher der Mötteli. ein hausierer. er wischt sich den schweiß von der stirn.

mama trocknet sich die hände an der schürze ab: du bist zu schnell gelaufen, Albert, hast du nicht ausgeruht nach dem zweiten?

genug zeit zum ausruhen, wenn ich tot bin, sagt papa. da, Lettie, und er drückt mir einen suppenbeutel in die hand, das wird dein vater verkaufen, ich hätte gleich zu Kögelmeier gehen können und einen bauchladen aufmachen mit seife und schnürsenkeln.

was ist ein bauchladen? fragt Kurti und streckt seinen kopf aus dem speisekämmerchen.

das speisekämmerchen ist sein reich, er hat da einen kleinen tisch aus einer kiste und eine zweite kiste zum draufsitzen. hier spricht er mit seinem teddybären und seinem plüschaffen und mit seiner puppe. die wohnen alle im speisekämmerchen. Kurti zieht sich dahin zurück, wenn es ihm unheimlich wird. ich sitze am küchentisch und drehe den farbigen beutel in den händen, Carla lehnt am türpfosten, die arme vor der brust verschränkt.

guckt nur, kinder, sagt papa. er greift in den bauch der mappe und wirft eine handvoll bouillonwürfel auf den tisch. bouillonwürfel und solches zeug soll ich verkaufen. und ein kleineres auto wird es geben, ich hab' ja jetzt keine schuhschachteln mehr zu transportieren, einen käfer, und wie ein käfer komm' ich mir

vor, der von jedem zertrampelt werden kann.
papa läßt sich auf ein taburett fallen. nun, Nellie, schämst du dich nicht, mit mir verheiratet zu sein? das sah einmal ganz anders aus, nicht, der bewerber im anzug und mit auto, zu einer zeit, als kaum einer eines hatte, ja, und jetzt bouillonwürfel. papa hebt die tasche hoch, dreht sie um und schüttelt ihren inhalt auf den boden. ein hausierer, sagt er, nichts als ein hausierer, keine rapporte mehr schreiben und keine rendezvous abmachen, einfach von geschäft zu geschäft fahren und ware anpreisen und mich fortschicken lassen und abspeisen mit ausreden: kommen sie doch morgen wieder, heute ist der chef nicht da, oder: ausgerechnet heute machen wir die schaufenster, sie verstehen, lieber nächste woche. und das tag für tag.
dafür bist du mehr zu hause, unterbricht ihn mama, du mußt nicht mehr schwer tragen und weniger weit fahren, das tut dir gut.
und die demütigung, was die mit meiner pumpe macht, das ist dir egal, die macht es nicht mehr lange. hausierer, ein lumpiger hausierer, jeden tag das gleiche lied, mich abspeisen lassen und dankbar sein, wenn einer fünf bouillonwürfel bestellt.
Kurti sitzt im türspalt zum kämmerchen und drückt seinen teddybären an sich: warum mußt du denn hausierer sein, papa?
weil ich ein kranker mann bin, ein wrack, zu nichts mehr nütze, verstehst du Kurti, ein nichts, eine null, ein versager, schreit papa, ja, ein versager bin ich, meine frau schuftet sich zu tode in

der glätterei, und ich zeige suppenbeutel herum.
Albert, sagt mama leise, du erschreckst ihn ja.
was? ihn erschrecken? mit den tatsachen abfinden soll er sich, je früher desto besser. und jetzt bring mir einen schnaps, Nellie.
papa gießt den schnaps in einem zug hinunter und blickt sich drohend in der küche um: aber kleinkriegen lass' ich mich nicht, das sage ich euch. und nächstes jahr fahren wir nach Italien, hausierer hin oder her, das lass' ich mir nicht nehmen, wir fahren, sage ich euch.
sicher Albert, sagt mama beschwichtigend, sicher doch.
und das meer, Nellie, stell dir vor, wir werden das meer sehen.
was ist ein bauchladen, papa? fragt Kurti, und mama sagt mit flacher stimme: ja, wir werden das meer sehen.

nachts im bett erzählt mir Carla oft vom seminar. ich weiß, wie alle ihre lehrerinnen und lehrer aussehen und daß für geografie eine aushilfe gekommen ist, ein schüchterner junger mann in hemd und pullover. er traut sich kaum, uns anzusehen, sagt Carla, stell dir vor, ein lehrer, der angst hat vor uns. und häßlich ist er, mit einem kleinen schnäuzchen und schütterem haar, einfach schrecklich.
ich weiß, daß die französischlehrerin graue haare hat und daß sie Carla lobt für ihre aussprache. daß der singlehrer begeistert ist von Carlas stimme und sie manchmal vorsingen darf. daß sie im turnen die beste ist und am schnellsten die stange hinaufklettert, über die höchste latte springt und als einzige den spagat

kann. daß die englischlehrerin einmal weinte in der stunde, weil keine die aufgaben gemacht hatte. und ich weiß, welche schulkolleginnen einen freund haben und welche nicht.
diese nacht fragt Carla: was hältst du von der geschichte mit papa, daß er nun hausierer ist?
ich weiß nicht, sage ich.
stört dich das nicht?
ich weiß nicht, sage ich.
weißt du eigentlich nie etwas, sagt Carla ungeduldig.
ich sehe im licht der neonreklame, daß sie sich auf den ellbogen stützt und zu mir hinüberschaut.
hast du eigentlich keine eigene meinung? ich weiß nicht, ich weiß nicht, und dann nagst du an deinen nägeln. du mußt doch irgend etwas meinen.
ich bin versucht zu sagen, ich weiß nicht, doch ich traue mich nicht. aber ich weiß wirklich nicht. wenn papa zufrieden ist, ist es mir gleich, ob er ein hausierer ist oder nicht. aber ich weiß nicht, ob er zufrieden ist. oder ob mama zufrieden ist. und ich weiß nie, auf welche seite ich gehöre. ob mama recht hat oder Carla, wenn sie sich streiten. oder papa oder mama, wenn sie sich uneins sind. ich weiß es nicht. ich höre zu und möchte wissen, wer recht hat und was richtig ist, und ich weiß es nicht.
also mich stört es, sagt Carla, in meiner klasse, da hat keine einen vater, der vertreter ist oder hausierer. und keine mutter arbeitet in einer glätterei. die eltern der Rosalind haben das große

kleidergeschäft am Stauffacher, und der vater von Theres ist arzt und der von Monika tierarzt. und wenn sie mich fragen, was mein vater ist, sage ich kaufmann, das fällt nicht auf.
ich höre ihr zu und wünsche mir, jemand würde mir sagen, wer recht hat und was richtig und was falsch ist.

auf dem stubenbuffet stehen jetzt zwei schmale durchsichtige röhrchen mit kaum sichtbaren zeichnungen: zuunterst wolken und regen, in der mitte eine von wolken halb verdeckte sonne und zuoberst eine lachende runde sonne. die röhrchen haben oben einen schlitz, das dickere ist für zwanzigrappenstücke, das dünnere für fünziger.
auf der kommode im elternschlafzimmer steht ein sparschwein aus hellblauem porzellan mit aufgemalten blumen auf dem runden bauch und lächelt dümmlich in den spiegel. das eine ohr ist abgeschlagen, deshalb hat es herr Kögelmeier Kurti geschenkt. Kurti setzt das schwein alle paar tage auf die küchenwaage. es ist dicker geworden, bald zeit zum schlachten, sagt er. wichtig trägt er es an seinen platz zurück.
samstags erkundigt sich papa: wieviele fünfziger kässeli sind schon voll? und wieviele zwanziger?
zwei zwanziger und ein fünfziger, sagt mama.
papa nickt: es klappt, ihr werdet sehen, es klappt, wenn wir alle so weitermachen.

erzähl vom zuckerdom, bettelt Kurti, und von den bildern aus farbigen steinchen. papa schließt den bücherschrank auf und holt die grossen bildbände mit den bildern vom Mailänderdom und den mosaiken in Ravenna. und nach Innsbruck fahren wir auch, sagt er, ich will euch das goldene dacherl zeigen.
mama gibt das rauchen auf, um zu sparen und weil papa sagt, es sei ungesund. ich kaufe nur noch das Problem bei fräulein Zimmermann. sie schaut mich fragend an. mama raucht nicht mehr, sage ich. sie lächelt schief und sagt: fragt sich nur, wie lange.
drei tage ist mama unausstehlich und nörgelt an uns allen herum. am dritten tag kommt papa nach hause und steckt ihr ein päckchen Colonial filter zu. mama umhalst ihn und sagt: danke, Albert. sie zieht den rauch tief ein: ich kann mich ja an alles gewöhnen, aber daß ich nicht rauchen soll, das geht zu weit.

nächsten samstag ist teenmeet, sagt Carla, darf ich hin?
lernen sollst du, sagt papa, beim ausgehen lernst du gar nichts, außer dich anzumalen.
aber alle dürfen, sagt Carla.
wir sind wir, und was alle tun, interessiert uns nicht, sagt mama.
jetzt plötzlich, sagt Carla, sonst ist es immer so wichtig, was die nachbarinnen sagen.
ein schulmädchen geht nicht an tanzanlässe, sagt papa.
aber wenn es doch gemacht ist für uns.

und mit dieser Marie gehst du erst recht nicht, mit dieser wasserstoffblondine. nichts ist, ein für allemal.
Carla krampft die hand um das messer.
einmal jeden monat ist das, sagst du? also, Albert, eigentlich macht sie sich gut in der schule, und die probezeit hat sie auch bestanden.
fang du nicht auch noch an, sagt papa, ich habe nein gesagt, ein für allemal. und die mittwochabende, hä, die du mit diesem jungen verbringst mit der schmalzlocke? und so geht das dann weiter, mittwochs, und dann samstags und dann auch noch der donnerstag und schließlich die ganze woche. du bist ein anständiges mädchen aus einem anständigen haus, und das bleibt auch so.
aber mittwochs bin ich immer um halb acht zu hause, sagt Carla.
geht die Annegret auch hin? fragt mama.
Annegret ist die beste der klasse, und Carla sagt, sie sei stinklangweilig.
natürlich, sagt Carla, die ist schon während der probezeit hingegangen.
papa wirft die gabel auf den tisch: tut, was ihr wollt, aber ohne mich. und um halb elf bist du zu hause, laß dir das gesagt sein, um halb elf, und keine minute später.

am samstag darf ich länger aufbleiben. um zehn guckt papa auf die uhr: ab ins bett, Lettie – und dann guckt er nochmals und murmelt: in einer halben stunde, wir werden ja sehen.

ich räume meine bücher zusammen und gehe zu bett. mama betet mit mir allein. sie bindet die handschuhe fest. es wär' an der zeit, sagt sie, du bist nun schon ein großes mädchen, meinst du, ein junge gucke dich an mit solchen händen?
ich höre die standuhr halb elf schlagen, viertel vor.
um halb zwölf, ich bin schon fast eingeschlafen, geht es los. ich ziehe das kopfkissen über den kopf. trotzdem höre ich mamas schrille stimme, papas baß, Carlas hingeworfene antworten und dann ihr schreien.
ich ziehe mit den zähnen die handschuhe aus.

am morgen kommt papa mit Johnny auf dem arm in unser schlafzimmer. aufstehen, mädchen, sagt er, es ist zeit. er setzt Johnny auf Carlas brust, wo er gleich zu trampeln und zu schnurren anfängt.
es ist morgen, aufstehen, wiederholt papa. seine stimme klingt fröhlich. er geht zum fenster und zieht den geblümten nachtvorhang auf und den rolladen hoch.
es ist tag, hallo, aufstehen.
ich sitze im bett und gucke Johnny zu, der mit Carlas haaren spielt. Carla schubst ihn weg und zieht die decke über den kopf. nichts da, sagt papa und reißt ihr die decke weg. Carla setzt sich auf, ihr gesicht ist mit wimperntusche verschmiert. was soll das? sie guckt auf den wecker: noch nicht sieben, und erst noch sonntag. jaja, sagt papa, wer spät ins bett geht, kann auch früh aufstehen,

so ist das. und jetzt raus aus den federn, in einer halben stunde fahren wir los.
der spinnt, murrt Carla und angelt sich ihre decke, der hat einen webfehler.
komm, sage ich, mach schon, sonst gibt's theater.
und wenn schon, murmelt Carla unter der decke hervor.

um acht sind wir abfahrbereit. Carla, Kurti und ich klettern auf den hintersitz. der käfer ist nicht so komfortabel, wie es der Opel caravan war. aber platz habt ihr allemal, sagt papa.
wohin soll's denn eigentlich gehen? fragt Carla.
auf den Gotthard, verkündet papa, heute könnt ihr die schneeberge sehen.
gott, wie interessant, sagt Carla gähnend.
mama beginnt zu singen, aber Carla singt nicht mit. ohne sie klingt es nur halb so schön. wir hören bald mit singen auf. Carla zählt die roten autos, und bis Arth-Goldau hat sie zwölf gezählt. Kurti singt für sich allein mit dünner stimme: ein loch ist im eimer. papa tippt sich immer wieder an die stirn und schimpft auf die sonntagsfahrer und die frauen am steuer.
apropos, Nellie, du wirst autofahren lernen.
ich? ausgerechnet ich, wo ich doch keine ahnung von motoren und elektrischem habe.
trotzdem, du wirst autofahren lernen, dann können wir uns mit fahren abwechseln auf unserer reise.

papa beginnt gleich mit der ersten stunde: die gänge Nellie, eins, zwei, drei, und die kupplung drücken und den gang rein und loslassen, dein ganzes gefühl kannst du da reinlegen, damit er nicht stottert, einfach loslassen. und beim kurvenfahren wird nicht gebremst, sondern runtergeschaltet, so.

Carla lehnt schwer gegen meine schulter. sie schläft. ich sage nichts, um papa nicht aufzubringen.

ihr seid heute so langweilig, sagt er. na denn. Kurti, was macht zwei und vier?

acht, kräht Kurti.

falsch, sagt papa, denk doch mal nach. zwei und vier.

Kurti zählt seine finger. ich versuche, papa abzulenken: wo sind wir eigentlich?

das solltest du gemerkt haben, Lettie, in der Innerschweiz sind wir, da, wo die Schweiz gegründet wurde. welches Jahr war das? und wo?

1291 auf dem Rütli, sage ich.

und dann will papa wissen, wer dabei war, und das weiß ich nicht. er fragt Carla, und die fährt aus dem schlaf hoch und sagt: Conny und Peter.

papa macht tsts und klopft aufs lenkrad: hier wird aufgepaßt und nicht geschlafen. wer war auf dem Rütli dabei? und du Kurti, hast du nun herausgefunden, was zwei und vier macht?

mama sagt, daß sie dringend müsse und einen kaffee könnte sie auch brauchen. papa hält an. wir trinken kaffee und ovomalti-

ne, und alle gehen zur toilette. eigentlich muß ich nicht, aber papa sagt, ich solle trotzdem gehen, weil er nicht nochmals anhalte.
papa fährt den Gotthard hoch und zeigt mama, wie man schalten muß beim bergauffahren und bei kurven. zu beiden seiten der straße türmt sich der schnee und Kurti quengelt, weil er einen schneeball machen will.
oben steigen wir aus. es bläst ein scharfer wind. papa erklärt die umliegenden berge und zeigt die straße entlang: die fahren wir, wenn wir nach Italien reisen, die Tremola runter, das muß gekonnt sein, die fahre dann ich, Nellie.
auf dem rückweg essen wir in einem restaurant schnitzel und pommes frites. papa kennt den wirt von seinen reisen her, und der behandelt uns höflich und spendiert zum schluß den kaffee. dann steht er an unserem tisch mit gefalteten händen über der weißen schürze: das ist also ihre familie, herr Rast, schön, aber sie sehen wir ja kaum mehr bei uns. papa muß husten und sagt: ja, mhm, wissen sie, das gebiet gewechselt.
Carla gähnt die ganze zeit, und bei jedem gähnen nickt papa: jaja, spät ins bett und nicht aufstehen, so fängt das lotterleben an, das verluderte, dem wird jetzt ein riegel geschoben.

mama sitzt in ihrem roten sessel und reißt eine neue zigarettenpackung auf. was tut ihr eigentlich, Eliane und du, auf dem estrich? fragt sie.

tun? also, wir lesen und erzählen uns geschichten und so.

was und so?

einfach, sage ich.

und dann raucht ihr, sagt mama, und macht lärm, damit frau Ziegler erschrickt.

rauchen? ich schüttle den kopf. und überhaupt, wir waren wochenlang nicht oben.

daß ich oft allein auf dem estrich bin, verschweige ich. ich lese oder träume mich in mein maisfeld, ich bin ganz für mich, und niemand will etwas von mir.

dann behauptest du also, daß frau Ziegler lügt.

wieso frau Ziegler?

sie hat euch gehört, letzten mittwoch, und als sie nachsehen ging, da war die decke zerknautscht, und zwei ausgedrückte zigarettenstummel lagen in einer untertasse.

das waren nicht wir.

und gesehen hat sie euch, wie ihr euch davongeschlichen habt.

in meinem kopf denkt es so laut, daß ich angst habe, mama könnte es hören.

du wirst dich entschuldigen bei frau Ziegler, sagt mama, für die störung und den schrecken, hörst du. und der estrich wird geräumt, und zwar sofort. nichts mehr mit oben hocken. wenn du

Eliane sehen willst, kannst du das hier tun, wie zivilisierte leute. und daß du nun auch zu lügen beginnst, gefällt mir gar nicht.
sie drückt ihre zigarette aus und schaut mich an, schaut mir direkt in die augen: wenn so etwas noch mal vorkommt, dann schicken wir dich ins internat, verstanden. eine in der familie genügt, Lettie. du hast zeit, dich zu besinnen.

ich stehe mit heißem kopf auf frau Zieglers türvorleger. ich muß mich bei ihnen entschuldigen, sage ich.
sie beschreibt mir alle gefahren des rauchens im estrich bis zur einäscherung unseres hauses mit mehreren toten. dann beschreibt sie mir ihre herzbeschwerden, die sich verschlimmern, wenn sie sich ängstigt. und wie sie sich geängstigt habe, schritte im estrich und geräusche, wie kinderweinen, ja.
und ich stehe und wiederhole meinen satz, aber sie ist noch lange nicht fertig.
auf der straße wirst du landen oder in einem heim für gefallene mädchen, sagt sie. nimm dir ein beispiel an deiner schwester, die lernt fleißig und wird etwas rechtes. und du, immer halb aufgelöste zöpfe und rutschende socken und baumelnde schürzenbänder, aus dir wird nie etwas rechtes. in deinem alter schon eine herumtreiberin. ich weiß nämlich, daß du mit einem jungen oben warst.
ich murmle zum dritten mal meinen satz, und endlich läßt sie mich gehen.

am abend im bett drehe ich mich zur wand und höre Carla nicht zu. schläfst du eigentlich? fragt sie. ich gebe keine antwort.

Eliane und ich räumen den estrich. sie faltet das farbige tuch zusammen. wer hier wohl geraucht hat? fragt sie, als sie die zwei stummel im unterteller sieht.
ich zucke die schultern: keine ahnung.
wir tragen die bücher hinunter, verteilen papiere und stifte zwischen uns. und unsere geheimschrift? frage ich.
die benützen wir weiter, sagt Eliane, sicher ist sicher.
wir suchen den schlüssel unter der matratze, und Eliane schiebt den zettel unter ihren pullover. wir legen die decke in das abteil von Elianes mutter zurück. dann setzen wir uns auf die blanke matratze.
schade, sagt Eliane.
ich nicke. es würgt mich im hals.
was hat eigentlich die Ziegler zu dir gesagt?
ich erzähle, wie sie mich beschimpfte.
dumme kuh, sagt Eliane.
alte gans, ergänze ich.
giftige hexe
stinkende kaulquappe
faulige kartoffel
elendes ekel
tratschmaul

klapperschlange
stinktier
blöde sau blöde sau
wir lachen und lachen und fallen auf die matratze zurück. der kloß in meinem hals löst sich auf. ich halte meinen bauch. Eliane wischt sich die tränen weg. weißt du noch, der zungenkuß?
ja, sage ich.
und dann küssen wir uns, und ich bin froh, daß ich liege, weil meine beine so zittrig werden.
dann springt Eliane auf und zieht mich von der matratze hoch: komm, wir ärgern die Mantuschek, ich bin grad so in der laune dafür.
wir poltern die estrichtreppe hinunter, und unten streckt frau Ziegler ihren kopf aus der wohnungstür. schon wieder, sagt sie, seid ihr wirklich schon wieder da oben gewesen, ich werd' euch –
ich will grad erklären und beginne: wir haben…, da pufft mich Eliane in die seite und sagt: schämen sie sich nicht, zu lügen und anständige mädchen zu beschimpfen? dann rennen wir kichernd die treppen hinab. ich blicke zurück und sehe frau Zieglers hochroten kopf über dem geländer.

wir finden den ball bei Eliane und steigen wieder die treppen hinauf. im treppenhaus öffnen wir ein fenster. dann lassen wir den ball fallen, und er fällt wie geplant auf frau Mantuscheks kleinen balkon.

wir klingeln und hören, wie frau Mantuschek schimpfend und schnaufend den korridor entlang kommt: was ist denn jetzt schon wieder los?
wir sind's nur, frau Mantuschek, ruft Eliane.
endlich öffnet sie die tür, sie hat den schlüssel zweimal gedreht.
ah, ihr seid's, was wollt ihr denn?
unser ball, frau Mantuschek, es tut uns leid, aber er fiel auf ihren balkon.
sie schüttelt den kopf mit dem grauen haar, das zu lauter kleinen löckchen gedreht ist. wie ihr das nur immer zustande bringt. sie hängt die sicherheitskette aus. dann kommt mal, aber schuhe putzen, bittschön.
in der wohnung riecht es säuerlich. wir gehen durch den korridor, in dem mehrere teppiche übereinander liegen. frau Mantuschek schlurft vor uns her in viel zu großen pantoffeln. sie öffnet die tür ihres schlafzimmers, und wir gehen in den vollgestopften raum. auf dem bett liegen mehrere plüschkissen, und auf den nachttischen und der kommode liegen zierdeckchen. auf jedem deckchen stehen fotografien in silbernen rahmen.
aufgepaßt, aufgepaßt, murmelt frau Mantuschek. Eliane geht zum balkon und holt den ball. wir danken auch schön, frau Mantuschek, es soll nicht wieder vorkommen, sagt sie. ich sehe ihr an, daß sie fast platzt vor lachen.
bittschön, bittschön, die kleinen fräuleins.

frau Mantuschek spricht nicht wie wir, und Eliane hat mir erklärt, daß ihre muttersprache jiddisch sei. auch Elianes großeltern sprechen jiddisch. sie selbst kennt auch einige worte.
aber sonst sind wir ganz andere juden, sagt Eliane.
wie denn das, wenn ihr doch den gleichen glauben habt?
du kennst ja den herrn Mantuschek mit seinem käppchen und den langen locken. und ihre locken sind nicht etwa echt, das ist eine perücke.
und das hat mit dem jüdischsein zu tun?
ja doch, sagt Eliane, und sie feiern den Schabbes und alle anderen jüdischen feiertage.
und das tut ihr nicht?
nein, aber wir sind trotzdem jüdisch, auch wenn wir die feiertage nicht feiern. und manchmal ist jüdischsein gefährlich, erklärt Eliane.
sie erzählt mir von Hitler, der die juden vergasen ließ. das weiß ich längst, weil nämlich papa damals an der grenze stand und die Schweiz gegen Hitler verteidigte.
trotzdem sagt papa, der Hitler hätte nicht ganz unrecht gehabt mit den juden, die seien geschäftlimacher durch und durch.
ich schaue Eliane von der seite an, und sie kommt mir nicht anders vor als andere mädchen. bei Eliane sind die möbel abgeschabt und die teppiche abgetreten wie bei uns auch. und Mantuscheks haben so viele teppiche, daß sie mehrere übereinanderlegen können.

das ist seltsam, sage ich, du machst am samstag, was du willst, und frau Mantuschek macht etwas anderes, und die Mirjam in meiner klasse darf die schulmappe nicht tragen, und trotzdem seid ihr alle juden.
ihr seid ja auch christen, und deine eltern gehen nicht jeden sonntag zur kirche, aber der zimmerherr geht immer hin, sagt Eliane.

drei tage lang ist ein kommen und gehen und flüstern und reden in andeutungen. onkel Max umarmt papa und erzählt keinen einzigen witz. tante Rosa hat verweinte augen, und mama zieht oft ihr batisttaschentuch. ich kann nicht begreifen, daß sie in das durchsichtige tüchlein schneuzen kann. ich habe es einmal probiert, und meine hände waren ganz mit rotz verschmiert.
mama wischt sich mit dem tuch die augen. papa flucht und geht mit großen schritten im korridor auf und ab. dann legt er sich hin und läutet nach einem alkoholwickel, und später braucht er eine kapsel nitroglyzerin. ich stehe neben seinem bett und warte, bis sein atem regelmäßiger wird, bis etwas rot in seine wangen zurückkehrt, bis seine lippen den blauton verlieren. ist etwas passiert? frage ich.
passiert, man kann es auch so sagen, sagt papa und schließt die augen. das bedeutet, daß er nicht mit mir reden will.

am abend nach dem beten sagt mama: also mädchen, ihr müßt es sowieso einmal erfahren. tante Loni ist nicht mehr.

was? sagt Carla ungläubig, ist sie tot?

ja, sagt mama und senkt den kopf, sie ist heimgegangen.

aber am mittwoch war sie noch ganz gesund, wir haben zwei stunden patience gespielt, sage ich.

und jetzt ist sie eben nicht mehr da, sagt mama, wir werden uns daran gewöhnen müssen.

woran ist sie denn gestorben? fragt Carla.

ach, sagt mama, sie war müde und überhaupt, das nützt jetzt auch nichts.

sie stopft die decken fest und küßt uns. schlaft wohl, mädchen, sagt sie und löscht das licht.

mysteriös, mysteriös, murmelt Carla, weißt du, was ich glaube, Lettie, ich glaube, sie hat sich umgebracht. kein wunder, wo doch ihr mann immer hier ist und nie zu hause.

umgebracht? ich setze mich auf und reiße mit einem ruck die wolldecke unter der matratze hervor. umgebracht? aber das darf man doch nicht, ich meine, das durfte sie doch nicht tun.

oh, sagt Carla leichthin, es bringen sich viele menschen um, weißt du.

ich kann nicht einschlafen. ich sehe tante Loni, wie sie mir die karten erklärt und sagt: immer schwarz auf rot und rot auf schwarz, Lettie, siehst du, abwechslungsweise. sie beugt sich über den tisch, und ihre helles haar leuchtet silbrig unter der lampe. sie lacht über meine fehler, und ich freue mich, denn ich höre sie so selten lachen. ich sehe sie am herd stehen und auf die milch gucken, und ich sehe, daß ihre augen gar nicht sehen, wohin sie gucken. und wenn die milch hochkommt, stupfe ich sie und sage: tante Loni. sie stellt das gas ab und sagt: aua, Lettie, beinahe wieder verpaßt. ich denke an den spruch in ihrer küche: schweigen, schlucken, schenken – und daß sie mir erklärte, das sei das leben. dann denke ich an die steiflehnigen stühle im eßzimmer und an all die polierten möbel, die vorwurfsvoll herumstehen, und plötzlich kann ich verstehen, daß sie zwischen diesen möbeln nicht oft lachen mochte.

irgendwann stehe ich auf und taste mich im dunkeln durch den korridor. papa schnarcht laut, erwacht aber sofort, als ich neben ihm stehe. angst? fragt er. ich nicke und schaue ihn an im licht eines vorbeifahrenden autos. kriech rein, sagt er, und ich steige über ihn hinweg und kuschle mich an ihn. Johnny dreht seinen kreis und legt sich wieder auf papas füße.

nach einer weile frage ich: ist es wahr, daß tante Loni sich umgebracht hat?

ja, sagt papa, das ist wahr.

warum denn? flüstere ich.

sie wollte wohl nicht mehr leben, sagt papa. weißt du, seit Jonathan gestorben ist, war sie immerzu traurig. und jetzt hat sie wohl gedacht, sie hält es nicht mehr aus.

aber das ist doch schon viele jahre her.

jaja, sagt papa, aber es gibt leute, die können einfach nicht vergessen. aber schlaf jetzt, Lettie, sonst wecken wir mama auf.
später frage ich: denkst du noch oft an deinen bruder? aber papa gibt keine antwort mehr, er beginnt leise zu schnarchen, und ich rutsche in den spalt.

aber wie, fragt Carla am nächsten abend, wie hat sie es getan, wie?
ach, seufzt mama, mir wäre lieber, papa hätte euch nichts erzählt.
hat sie sich die pulsadern aufgeschnitten oder tabletten genommen? bohrt Carla weiter.
also gut. ins kinderzimmer ist sie gegangen, ins zimmer von Jonathan, und hat sich eingeschlossen. als onkel Max nach hause kam, mußte er die tür aufbrechen, aber da war es schon zu spät.
da war sie schon tot?
ja, sagt mama.
aber wie hat sie es getan?
ich weiß es nicht, Carla, tante Loni ist tot, und das dürfte wohl genügen. mama steht auf und schiebt energisch das taburett unter den küchentisch.
hinter ihr öffnet sich die tür des speisekämmerchens, und Kurti schlüpft hinaus: aufgehängt hat sie sich, am fensterrahmen, sagt er triumphierend, onkel Max hat es mir gesagt.

auf sonntag hat papa herrn und frau Mötteli zum kaffee eingeladen. der Mötteli sei jetzt sein chef, sagt papa, wir sollten uns gefälligst anständig benehmen.
herr Mötteli strahlt über sein ganzes feistes gesicht und drückt mamas hand mit beiden händen. frau Mötteli scharwenzelt um mama herum, an ihrem hals blinkt eine perlenkette, am handgelenk klimpert etwas goldenes, die finger sind mit ringen besteckt. sie ist stark geschminkt, blauer lidschatten und rouge auf den wangen.
die haare sind sicher gefärbt, flüstert mir Carla zu, so kohlrabenschwarz, das kann gar nicht echt sein.
so ein nettes kleid, sagt frau Mötteli zu mama, kaum zu glauben, daß sie das selbst gemacht haben, ich bin richtig beeindruckt. natürlich ist der kragen etwas groß, aber trotzdem. sie sind ja eine richtige schneiderin. auch das tailleur, das sie letzthin trugen, ich sagte zu meinem mann: wirklich exquisit, nicht mehr ganz der letzte schrei, ja, aber qualität kommt ja nicht so leicht aus der mode.
mama stellt die apfeltorte auf den tisch und schenkt kaffee ein. sie macht ein freundliches gesicht, aber ich sehe, daß ihr lächeln verkrampft ist. mama sagt: jaja, sicher frau Mötteli. und: meine kleider können halt nicht mit den ihren konkurrieren, sie sind halt nur selbstgenäht.
aber man sieht es wirklich fast nicht, kontert frau Mötteli, sie sehen fast aus wie gekauft.

herr Mötteli klopft papa auf die schulter und fragt: na, alter junge, was macht das herz?
der pumpe geht es gut, sagt papa, wenn sie nicht spukt. beide lachen laut, und frau Mötteli sagt: ist es nicht schön, zwei alte kameraden, die sich so gut verstehen.
und halt anstrengen darf ich mich nicht, fährt papa fort, nichts tragen und so, und keine klettertouren.
aber du hast ja eine so tapfere kleine frau, sagt herr Mötteli.
sicher, sagt papa, das leben hat sie mir gerettet mit einer simplen milchpfanne.
und jetzt hast du auch eine gute arbeit, nicht, sagt herr Mötteli und patscht papa mit seiner dicken hand auf den arm. eine gute arbeit, ja, es geht halt nichts über eine alte freundschaft.

papa begleitet Möttelis zur tür und kommt zurück, zwei finger im kragen seines hemdes. er streckt und reckt den kopf und zieht am hemdkragen, wie wenn ihm der plötzlich zu eng geworden wäre. er läßt sich schwer auf einen stuhl fallen: noch einen kaffee, Nellie, sagt er. ja, der Mötteli, seit der aufgestiegen ist in der suppenwürfelfirma, hat er geld genug, um seine frau zu behängen wie einen christbaum. und habt ihr seinen siegelring gesehen, dick wie eine roßkastanie und aus purem gold.
er ist ein schleimiger schleicher, sagt Carla.
Klara, du redest über meinen freund, sagt papa, das lasse ich mir nicht bieten, daß du meine freunde durch den schmutz ziehst.

der Mötteli war mir immer ein guter freund, auch im aktivdienst, da war er gar kein schleicher, sondern mutig wie sonstwas, immer zuvorderst, der Mötteli.
jaja, sagt Carla und steht auf, deine kriegserlebnisse und heldentaten kennen wir schon. und überhaupt, ich bin gegen den krieg, daß du es nur grad weißt.
papa zeigt mit dem zeigefinger auf sie: aha, das fräulein ist gegen den krieg, sehr schön. und was glaubst du eigentlich, wer die Schweiz bewacht hat damals? und was glaubst du, was der Hitler mit uns gemacht hätte, wenn wir ihn hätten einmarschieren lassen, hä? aug' in aug' mit den Deutschen sind wir dagestanden, aug' in aug' mit dem feind, und keiner von uns hat sich erlauben können zu sagen: ich bin gegen den krieg. gegen den Hitler waren wir, und deshalb sind wir an der grenze gestanden.
aber du hast selbst gesagt, der Hitler sei schon recht gewesen, mische ich mich ein.
aha, jetzt fängst du auch noch an, Lettie, das wird ja immer schöner, die eigenen töchter. keine ahnung habt ihr, was es heißt, an der grenze zu stehen, nie zu wissen, wann es losgeht, und zu hause die frau und die kinder, und der hunger, jawohl, der hunger, ihr habt keine ahnung, verwöhnt seid ihr, alle beide. papa holt tief luft.
Carla stützt sich auf die stuhllehne und sagt: du warst gar nicht verheiratet, damals, und wir noch gar nicht auf der welt.
darum geht's doch gar nicht, sagt papa, aber daß der Mötteli ein

guter kamerad war, einer, auf den man sich verlassen konnte, darum geht's. und wenn er heute auch einen siegelring trägt, meine freunde lasse ich mir nicht schlecht machen, auch von meiner tochter nicht.
papa steht schwer atmend auf, schweiß auf der oberlippe. ich gehe zu ihm und frage, ob er einen alkoholwickel will. er schüttelt meine hand ab. ich brauche nichts, murrt er und geht hinaus. mama schüttelt den kopf. ihr wißt doch, daß ihr papa nicht aufregen sollt. und du auch noch, Lettie.

Wir schlachten das sparschwein, ruft Kurti, kommt alle, wir schlachten das sparschwein.
aber warum denn, sagt mama, wir fahren doch noch lange nicht.
es ist zu dick, sagt Kurti und wiegt das schwein in beiden händen, schau mal, mama, es hat gar nichts mehr platz.
aber nicht kaputt machen, sagt papa, also nicht richtig schlachten, nur ausnehmen.
wir sitzen auf mamas bett, und Carla stochert mit einer stricknadel im bauch des sparschweins. sie läßt einige münzen herausfallen. huh, sagt Kurti ehrfürchtig und rückt seine brille zurecht: zwei fünfliber und ein zweifränkler. papa liegt in seinem bett, stützt sich auf den ellbogen und schaut zu. gib mal her, Klara, sagt mama. sie stochert und sagt: da sind noten. ganz sorgfältig gelingt es ihr, eine note durch den schlitz zu ziehen. jetzt pras-

seln wieder einige geldstücke, jetzt zieht mama wieder eine note heraus. Kurti hopst vor freude, und ein paar münzen kollern vom bett.

Carla und mama wechseln sich ab mit stochern. du nicht, Lettie, sagt mama. du läßt doch nur das schwein fallen.

das wär's, sagt Carla, sie schüttelt das schwein: leer. es geht von hand zu hand. wir schütteln es alle und sagen: leer.

zählen, zählen, kräht Kurti. Carla zählt und sagt: hundertachtundfünfzig achtzig. mama zählt und sagt: hundertzweiundsechzig fünfzig. sie schauen sich an und lachen. gebt mal her, sagt papa, geld muß mit system gezählt werden. er glättet die noten und stapelt die münzen auf seinem lesetischchen.

so. hunderteinundsiebzig dreißig, auf den rappen genau.

ich zähle die geldhäufchen und die noten nach und sage: mit jedem zählen ist es mehr geworden, aber ich komme nur auf hundertdreiundvierzig und –

das genügt, Lettie, sagt papa. hunderteinundsiebzig dreißig, nicht mehr und nicht weniger. und wieviele rollen sind voll, Nellie? fünf zwanziger und drei fünfziger? wir machen fortschritte, und daß du das geld gut versorgst, Nellie.

wir schauen die münzen und noten an.

eis essen, sagt Carla, jeden tag erdbeereis.

und am meer liegen, sagt mama, einfach daliegen und zwei wochen kein bügeleisen sehen.

sandburgen, sagt Kurti, hilfst du mir, papa?

aber sicher, sagt papa, und wir gehen spaghetti essen.
und tanzen, sagt Carla träumerisch.
abgemacht, sagt papa. einmal gehen wir ganz groß aus, und meine damen können tanzen.
wollt ihr meine neue platte hören? fragt Carla. sie geht ins herrenzimmer und legt 'Let's twist again' auf. zwischen kommode und bett macht sie vor, wie twisten geht. mama steht auf und streicht sich den rock glatt. zeig's noch mal, fordert sie Carla auf. Carla schiebt den bettvorleger weg, und beide wackeln mit den hüften. Carla geht in die knie und beugt zugleich den oberkörper immer weiter nach hinten. papa stößt einen pfiff aus, und ich sperre die augen auf, und kurz bevor sie in der zimmerlinde landet, kommt sie wieder hoch. mama traut sich nicht so recht. Carla stellt sich hinter sie und sagt: tiefer, tiefer, geh in die knie, ja, und den oberkörper nach hinten.
mama kommt hoch, lachend und mit rotem kopf. fast gar könnte ich es noch mit den jungen aufnehmen.
papa hat sich zurückgelegt. Kurti und ich sitzen immer noch auf mamas bett. mama schnauft laut: anstrengend, diese tanzerei.
kannst du walzer? fragt Carla.
aber sicher, sagt mama, ich war einmal eine ausgezeichnete tänzerin, nur haben wir damals richtig getanzt und nicht nur verrenkungen gemacht.
zeigst du mir walzer?

mhm. irgendwo haben wir noch die alten platten, den donauwalzer, ja.
sie gehen zusammen ins herrenzimmer, und wir hören den donauwalzer und mamas anweisungen: drei schritte, und dann drehen, siehst du, immer so: tamtamtam, tamtamtam.
ich gucke papa an. sein gesicht ist weiß. über seiner brust steht das lesetischchen mit dem geld. einen alkoholwickel? frage ich leise. er nickt mit geschlossenen augen. Kurti steht unter der tür des herrenzimmers und klatscht im walzertakt. mama und Carla drehen sich.
ich bringe papa den wickel und lege mich auf mamas bett. ich höre papas atem zu.

ich spiele ball mit Eliane im hof hinter der glätterei. es wird mir schnell langweilig, weil ich es nicht gut kann. wir setzen uns auf die kellertreppe des cafés Meteor. Eliane erzählt von dem grünäugigen jungen. ich kenne keinen, der mir gefällt.
ich sage: hier wohnen zwei warme. Eliane zuckt die schultern. einer ist die frau, sage ich, der größere.
aber eigentlich muß die frau kleiner sein als der mann, sagt Eliane.
das gilt vielleicht nicht, wenn es zwei männer sind, sage ich. ist dein vater größer als deine mutter?
Eliane nickt: aber sicher, sonst hätte sie ihn doch nicht genommen.

wieso lebt eigentlich dein vater nicht mit euch? und wo ist er überhaupt?
mein vater? der ist irgendwo, der hat sich wieder verheiratet und hat zwei kinder.
dann hast du ja geschwister, sage ich.
halbgeschwister, korrigiert sie.
und deine mutter ist richtig geschieden?
klar doch, sonst hätte mein vater nicht wieder heiraten können.
mama sagt, sich scheiden lassen, das tue man nicht. man müsse es sich halt vorher überlegen. es gehöre sich einfach nicht, die ehe sei ein bund fürs leben.
hatten sie sich nicht gern? frage ich.
och, gern vielleicht schon, nur haben sie immer gestritten, immer, und die tassen flogen und die teller. einmal hat papa den spinat an die wand geschmissen, und der lief dann langsam die tapete runter, und meine mutter hat ihm mit dem bügeleisen gedroht. und so ging das die ganze zeit.
und deine mutter, will sie nicht wieder heiraten?
ich glaube nicht, sie sagt, einmal habe ihr genügt. aber manchmal geht sie aus mit einem arbeitskollegen. manchmal kommt auch einer zu uns, und dann gibt es ein gutes abendessen, und sie trinken wein zusammen.
und dein vater ist dann ausgezogen, wegen dem streiten.
ist auch viel besser so, sagt Eliane. aber du, sag mal, woran ist eigentlich deine tante gestorben?

also, papa, sagt Carla, du warst wirklich großartig, alle in meiner klasse sagen, so einen vater möchten sie auch haben.

papa lächelt und beißt in seine wienerwurst.

erzähl, Carla, bettelt Kurti, erzähl.

sie schöpft sich kartoffelsalat: also, unser mathelehrer, der ist ja so ein ekel, der beleidigt uns ständig, und auch heute, am besuchstag. plötzlich wird er ausfällig und beschimpft eine. heute die Theres. nur weil sie eine antwort nicht wußte, sagt er, ohne mathe käme sie nicht weit im leben und er frage sich, ob sie je einen mann finde und so weiter. und die Theres bekommt einen roten kopf, und da höre ich plötzlich von hinten papas stimme. er ist aufgestanden und sagt: aber sie wissen, herr doktor, daß das leben viel mehr umfaßt als mathematik. und das vor allen leuten, mindestens hundert waren da, so ungefähr, nicht papa? und nun ist es der mathelehrer, der rot wird und hüstelt und zu Theres sagt: setzen. und den rest der stunde ist er anständig. und nach der stunde hat er sich bei papa entschuldigt.

das nicht gerade, sagt papa, aber ich denke, er ist einer, dem die pferde durchgehen, manchmal, und wenn ihr euch etwas mühe gebt, dann ist er wohl anständig.

also, das war einmalig. zuerst wußte ich nicht recht, ob ich mich schämen soll, aber nachher haben mich alle beneidet.

hattest du keine angst, papa? fragt Kurti.

angst? vor einer strafaufgabe wohl? papa lacht. nein, mein kleiner, ich hatte keine angst. mir schien einfach, der herr übertreibe ein bißchen.

immer der gleiche held, sagt mama.

er war wirklich gut, mama, sagt Carla.

schön, wenn ihr euch für einmal einig seid.

aber etwas, Klara, sagt papa. ich kann und kann mich nicht daran gewöhnen, daß dich da alle Carla nennen. und auch zu hause, Lettie und Kurti.

tun sie aber, und mir gefällt's, sagt Carla.

papa schüttelt den kopf: ich nenne dich bei deinem taufnamen, bis zu meinem tod. und du hoffentlich auch, Nellie.

jaja, sagt mama hastig, denn sie sagt oft Carla, wenn papa nicht zu hause ist.

oder etwa nicht? fragt papa mißtrauisch.

doch doch, Albert, nur scheint es mir nicht ganz so wichtig wie dir, und wenn Klara Carla lieber hört, also ich weiß nicht.

auch du, Brutus, sagt papa. die ratten verlassen das sinkende schiff. nun denn, ich nicht, ich habe meine grundsätze. für mich bist und bleibst du Klara.

eigentlich, sagt Carla, ist er gar nicht so häßlich. sie sitzt auf dem bett und lackiert ihre zehennägel.

eigentlich ist er sogar hübsch, er hat sehr blaue augen, ich habe

noch nie so leuchtend blaue augen gesehen. kornblumenblau, oder wie vergißmeinnicht.
ich hebe den kopf von meinem buch. sie sitzt auf dem bett und starrt ins leere.
so blaue augen, wiederholt sie. vom pinsel tropft nagellack.
paß auf, sage ich.
was? ah, ja.
sie tunkt den pinsel in die kleine flasche und streicht ihn ab. die zunge zwischen den zähnen, beugt sie sich über ihre nägel. so, fertig, sagt sie und steckt den pinsel in das fläschchen zurück und verschraubt es. sie bewegt die zehen und betrachtet sie wohlgefällig. gefällt dir die farbe?
mhm, sage ich.
aus meinem rosafarbenen etui nimmt sie die nagelfeile und beginnt, ihre fingernägel zu feilen.
er ist wirklich hübsch, und das haar ist gar nicht schütter, es ist ganz hell, richtig sandfarben, das ist es.
von wem sprichst du eigentlich?
doch von Hanspeter.
und wer ist das?
unser geografielehrer, die aushilfe, ich hab' dir doch erzählt.
und du nennst ihn Hanspeter?
wir haben uns an der Riviera getroffen, und er hat gesagt, außerhalb der schule kann ich ihn beim vornamen nennen.
aber papa hat dir verboten, an die Riviera zu gehen, sage ich.

Hanspeter, sagt sie gedehnt, ein schöner name.
aber –
jajaja, sagt sie ungeduldig, alle gehen da hin. es ist schön, auf den steinen zu sitzen und ins wasser zu gucken. und alle triffst du da.
und der mit der schmalzlocke? frage ich.
Fred? was geht das den an. und überhaupt, der redet immer nur von autos, nicht sehr spannend auf die dauer.
ich lese weiter. sie spricht von Hanspeter, und ich höre nicht zu.
dann sagt sie: hör mal. Lettie, wegen samstag, aber das darfst du wirklich niemandem sagen.
ich hebe den kopf und sage: ich habe genug von geheimnissen, ich will gar nichts wissen.
denn halt, sagt sie. ich wußte ja, daß du mich im stich läßt, wenn es wirklich wichtig ist.
ich gebe keine antwort.
was für geheimnisse? fragt sie nach einer weile.
ich bin voll bis da, ich zeige mit der hand bis zu meinem hals, voll bis obenhin. angefangen mit Fred und deinem Hanspeter und dann der estrich und überhaupt.
estrich? sagt sie fragend, erzähl schon.
du warst oben, sage ich, mit Fred. und ich mußte es ausbaden und mich entschuldigen bei der Ziegler, dieser blöden kuh.
und das hast du getan? fragt sie ungläubig, und nichts gesagt?
ich schüttle den kopf.
merci, sagt sie.

ich lehne mich über die bettkante und suche mein buch, das ich hinuntergeschmissen habe.
und weiter?
was weiter?
weitere geheimnisse?
mhm. daß mama und tante Rosa sich um onkel Max streiten, hast du das gewußt?
sie zieht die luft durch die zähne. sieh an, sagt sie, und mama tut, wie wenn sie kein wässerchen trüben könnte. und mir sagen sie, ich sei ein gefallenes mädchen. sieh mal an.
und tante Rosa und onkel Max, auch als tante Loni noch lebte, sage ich.
das hab' ich mir schon gedacht, sagt sie, aber weißt du es sicher?
ich erzähle vom fest, und Carla runzelt die stirn und nickt: was für eine heuchlerbande.
ich nehme mein buch und will nichts mehr sagen, aber Carla bohrt nach weiteren geheimnissen.
ich will nicht erzählen, wie es vorgestern in der glätterei war.
mama und tante Rosa, beide schlecht gelaunt, und tante Rosa mit roten geschwollenen augen. mama spritzt wäsche ein, und tante Rosa bügelt. es riecht nach dampf und frischer wäsche.
ich warte auf die pakete zum austragen. tante Rosa fragt mama nach onkel Max, und mama sagt leichthin: ich habe ihn in letzter zeit kaum gesehen.
tante Rosa wirft mama einen schnellen blick zu: ist das wahr,

Nellie? mama nickt und rollt die feuchte wäsche auf: seit drei wochen habe ich ihn kaum mehr gesehen, er kommt nicht mehr abends, und sonntags müssen wir uns mit Möttelis begnügen.

mhm, macht tante Rosa und guckt in die luft, und mama sagt: Rosa, verbrenn nichts, und tante Rosa zuckt zusammen und fährt schnell mit dem heißen eisen über das hemd.

mama hat die wäsche zusammengerollt und aufgestapelt und nun beginnt sie, die pakete zu schnüren, die ich auszutragen habe. tante Rosa stellt das bügeleisen auf den ständer und winkt mir.

ich folge ihr ins hinterstübchen, das küche und stube in einem ist. sie schließt die tür und sagt halblaut zu mir: schau, Lettie, tu mir was zuliebe, bring dieses kuvert dem Max.

warum schickst du es nicht per post, sage ich laut und patzig.

schscht, sagt sie hastig, nicht so laut. tu mir den gefallen, es muß in seine hände kommen, nicht irgendwohin. komm schon, Lettie, es ist ja nicht weit.

warum gehst du nicht selbst, sage ich.

sie nestelt in ihrer handtasche und streckt mir einen zweifränkler hin. da, Lettie, nimm, und dann bringst du den brief, gell.

ich nehme den brief und den zweifränkler. sie legt die hand auf die türklinke: und sagen brauchst du es niemandem. ich nicke. sie öffnet die tür und sagt laut: so, Lettie ist bereit, nur schnell gekämmt.

mama guckt auf und sagt: macht aber nicht den anschein.
ich helfe, die pakete in den wagen zu schichten, und ziehe los.
das will ich Carla nicht erzählen, weil ich mich schäme, daß ich den zweifränkler genommen habe. ich habe schleckzeug gekauft für einen franken und zwei fünfziger ins kässeli getan, aber ich schäme mich trotzdem.
onkel Max freute sich, mich zu sehen. er lud mich ins café ein, und ich trank ovomaltine und aß ein stück kuchen. er fragte mich, wie es allen gehe, und ich reichte ihm den brief. soso, von der Rosa, sagte er und steckte den brief ungeöffnet in seine brieftasche. dann durfte ich in seinem büro in den büchern stöbern, und er schenkte mir 'Das Dschungelbuch' von Kipling. darin lese ich jetzt, und Carla bohrt und bohrt. und von wem hast du eigentlich das buch?
von onkel Max, sage ich.
wann hat er es dir gegeben?
letzthin, sage ich, und dann ziehe ich die unterlippe zwischen die zähne und sage nichts mehr. plötzlich kommt mir in den sinn, daß ich wahrscheinlich aussehe wie mama. ich lasse meine unterlippe los.
nach einer weile beginnt Carla wieder: wegen samstagnachmittag, Lettie, hör mal. ich will mich mit Hanspeter treffen, und normalerweise treffe ich mich mit Fred am samstag. und da habe ich mir gedacht, wenn er läutet, dann gehst du hin und sagst, daß ich aufgaben machen muß.

du meinst, das wird er mir glauben?
sie zuckt die achseln: und wenn schon.
und wenn papa dazu kommt und sagt, sie ist schon weg und mit wem wohl, und mama kommt auch noch.
mhm. sagt Carla, das stimmt. sie zieht die stirn in falten. ich hab's, also, du sagst ihm, ich könne ihn erst später treffen, er soll um drei uhr auf mich warten, am Helvetiaplatz, und kaum ist er weg, gehe ich raus.
warum sagst du es ihm dann nicht selbst?
das ist wahr, sagt sie. und überhaupt komme ich dann zu spät zu Hanspeter. sie überlegt: also, das ist gut, ich sage papa, daß ich zusätzliche klavierstunden habe wegen dem vorspielen, weißt du, das schluckt er ohne weiteres, und ich gehe weg, und wenn Fred kommt, ja, dann sagst du ihm das, du oder mama oder papa, das klingt ganz natürlich. so machen wir das. abgemacht?
ich nicke.

am samstag um zwei uhr schicke ich Fred weg, und um vier uhr steht er schon wieder vor der tür. er tritt von einem fuß auf den anderen: kann ich deinen vater sprechen ? ich flüstere ihm zu: verschwinde. nein, sagt er, das lasse ich mir nicht bieten, ich muß mit ihm reden. und schon ruft mama: wer ist es ?
ich muß ihn hereinführen. er streicht seine pomadige schmalzlocke zurück und wischt die hand an der hose ab. papa nimmt

die füße vom bürostuhl und setzt sich gerade hin. aha, mit wem habe ich die ehre?
ich wollte ihnen nur sagen, daß ihre tochter nicht in der klavierstunde ist, weil, ich war nämlich dort, stößt Fred hastig hervor. sie sind also Fred, sagt papa. ich muß wohl sie sagen, nicht? und eigentlich heißen sie wohl Alfred, oder? und plötzlich in verändertem ton: was sagen sie da, Klara ist nicht in der klavierstunde? Fred schüttelt den kopf. dann dreht er sich um, rennt durch den korridor, und die wohnungstür schlägt zu.
papa sagt: da soll mich doch. dann ruft er frau Vontobel an, und sie sagt, sie gebe nie stunden am samstag, auch nicht vor dem vorspielen.
papa und mama gucken sich an, und mama zieht die unterlippe zwischen die zähne, und papa nickt mehrmals.
Kurti verschwindet ins kämmerchen. ich möchte auch irgendwohin, aber das estrichabteil ist geräumt, und Eliane ist mit ihrer mutter weggefahren.
mama und papa fragen mich aus. ich sage, daß ich gar nichts wisse. sie glauben mir nicht.

um sechs uhr kommt Carla, und papa dirigiert sie ins herrenzimmer. ich mag nicht zuhören. ich lege mich aufs bett und lese, und dann kommt Carla mit rotem kopf, und papa ruft hinter ihr her: fünf wochen hausarrest, und ab jetzt wird alles kontrolliert, du hast mich verstanden.

Carla zieht sich aus und wirft die kleider unordentlich zu boden. ohne abendessen ins bett, murrt sie, wie ein kleinkind, und hausarrest, daß ich nicht lache.

Kurti sitzt am stubentisch und macht aufgaben, Carla übt klavier. ich schneide seidenpapier mit einem flachen messer. von den schuhen gibt es kein seidenpapier mehr, aber papa hat herrn Kögelmeier gefragt, und der hat ihm lachend eine ganze schachtel voll gegeben. jede woche stellt er eine neue schachtel vor die tür, mehr papier als wir je verbrauchen können. ich schneide und summe Carlas melodie mit.

papa kommt und stellt sich neben das klavier. Carla beendet die sonate und schaut, die hände auf den tasten, fragend zu papa auf.

post habest du bekommen, sagt papa, schon drei briefe diese woche. von wem sind sie?

das ist meine post, sagt Carla und klimpert ein bißchen.

ich habe dich gewarnt, sagt papa, alles wird kontrolliert, jetzt.

von meiner post hast du nichts gesagt, sagt Carla und klimpert weiter.

hör auf zu spielen, wenn ich mit dir rede. wer hat dir geschrieben?

das geht dich nichts an.

wo sind die briefe?

Kurti schlüpft aus der stube. ich stehe mit dem messer in der hand und halte den atem an.

papa guckt Carla an und streckt plötzlich die hand aus, doch Carla ist schneller und reißt das notenheft an sich.

aha, sagt papa, hier also.

Carla durchblättert das notenheft, nimmt einen umschlag heraus und hält ihn vor papa hin: da ist der brief. und jetzt hast ihn gesehen.

papa streckt die hand aus: gib ihn mir.

nein.

gib ihn mir.

nein.

von wem ist er?

geht dich nichts an.

hin und her. und ich stehe am tisch, umklammere das messer und wage nicht, mich an den beiden vorbeizudrücken.

papa reißt Carla an den haaren und schüttelt und schüttelt sie, und ich denke, bald fällt ihr der kopf ab. Carla schreit auf, gibt aber den brief nicht her.

von wem? gib ihn mir.

geht dich nichts an.

er läßt Carla los. sie reißt den brief in fetzchen und wirft diese papa vor die füße: da hast du ihn, sagt sie, und will an ihm vorbei zur tür hinaus.

papa wird abwechselnd rot und blaß. die ader an der schläfe ist angeschwollen. er packt Carla am oberarm: auflesen, sagt er, auflesen. Carla steht zitternd da und sagt: du hast ihn ja gewollt, lies ihn selber auf.

papa schlägt zu, und Carla fällt hin. der klavierstuhl fällt um. papa packt ihn und schwingt ihn über Carla. auflesen, keucht er, auflesen.

ich renne um den tisch herum: hör auf, papa, rufe ich, hör auf. er guckt mich an, wie wenn er erwachen würde: du bedrohst mich, flüstert er und guckt auf das messer in meiner hand.

papa, sage ich und verstecke meine hand hinter dem rücken, hör auf.

Carla liegt schluchzend am boden. papa hält noch immer den klavierstuhl, vor ihm liegen die schnipsel des zerrissenen briefes.

mit dem messer, sagt papa, meine eigene tochter, mit dem messer. er dreht sich um und geht mit schweren schritten hinaus, langsam, wie ein schlafwandler. noch immer hält er den klavierstuhl umklammert.

ich lege das messer auf den tisch und lese die schnipsel auf. dann sehe ich, daß Carla blutet. sie hat sich am pedal die stirn aufgeschlagen. ich wasche ihr das blut ab und klebe ein pflaster über die schramme. das lasse ich mir nicht bieten, schluchzt sie und kriecht ins bett, einmal ist es genug, das nicht. ich stecke ihre wolldecke fest wie sonst mama.

dann trage ich den klavierstuhl vom korridor in die stube, und

dann gehe ich zu papa. er liegt im bett, sein gesicht ist grau, der schweiß rinnt ihm in die augen. ich stehe neben dem bett und sage: papa. er öffnet die augen und schließt sie gleich wieder. ich gehe hin und her zwischen der küche und dem elternschlafzimmer, dazwischen gucke ich schnell zu Carla hinein. sie hat sich unter die decke verkrochen. ich bringe papa frisches wasser und lege ihm einen alkoholwickel auf die brust. ich rüste ihm einen apfel. ich leere seine flasche.
und die ganze zeit liegt papa da mit geschlossenen augen. wir reden kein wort miteinander.
ich möchte, daß er die augen öffnet und sagt: schon gut, Lettie. ich habe angst, daß er einen ganz schlimmen herzanfall bekommt und ich daran schuld bin. oder Carla ist schuld, ja, eigentlich ist Carla schuld, weil sie den brief nicht herzeigen wollte. dann denke ich, daß auch papa schuld ist, weil er Carla geschlagen hat, aber für diesen gedanken schäme ich mich. papa ist ganz sicher nicht schuld. er darf Carlas brief lesen und sie schlagen, weil er eben papa ist. es kann gar nicht sein, daß er schuld hat. eltern haben nie schuld. also ist Carla schuld, aber ich auch, weil ich das messer in der hand hatte. ich möchte papa erklären, daß ich ihm nicht drohen wollte, daß ich das messer einfach in der hand hatte. ich wollte nur, daß er aufhört, Carla zu schlagen. vielleicht ist das schon gedroht. ich weiß es nicht.

mama weckt uns. sie zieht die vorhänge auf und den rolladen hoch. ich strecke mich gähnend. von Carlas bett kommt kein ton. normalerweise springt sie schon auf, wenn mama die tür öffnet, und verschwindet mit einem halblauten morgen im bad. mama sagt: macht schnell, wir sind spät dran heute. ich habe mich doch glatt verschlafen, nur weil ich gestern aus war.
ich stehe auf und gehe zu Carla. ich rüttle sie an der schulter. sie reagiert nicht. ihr gesicht ist blaß, und die augen sind schwarz verschmiert vom kohlestift. sie atmet durch den halbgeöffneten mund. auf den lippen stehen weiße schaumbläschen.
ich hole mama. sie beugt sich über Carla und schreit auf: Albert.
papa beugt sich schwerfällig über das niedere bett und schüttelt Carla. sie öffnet die augen halb und stöhnt ein bißchen. ich ruf' doktor Leibundgut an, sagt papa.
mama schickt mich nach einem nassen lappen und einem glas wasser. sie wäscht Carla das gesicht und versucht, sie aufzusetzen. Carla hängt in mamas arm, der kopf fällt vornüber. mama hält ihr das glas an die lippen. Carla trinkt nicht. Klara, flüstert mama, Klara, Carla, sag doch was.

ich muß nach Kurti schauen. ich wärme die milch und kämme Kurti und knöpfe ihm das hemd zu. dann kommt doktor Leibundgut. ich drücke mich bei der schlafzimmertür herum.
ja, irgendwelche medikamente, sagt er. die herztätigkeit ist aber in ordnung.

er legt das stethoskop in die schwarze tasche zurück. was haben sie denn so im haus?
gar nichts, sagt mama, nur die herzmittel meines mannes und wohl etwas Contra-Schmerz Saridon, sonst gar nichts.
und das pflaster an der stirn?
ach, sagt papa, da ist sie gestern in den türpfosten gerannt.
doktor Leibundgut streicht sich das kinn und nickt. Carla stöhnt etwas lauter und beginnt zu würgen. ein becken, Lettie, schnell, befiehlt mama.
Carla erbricht und erbricht, und doktor Leibundgut sagt: gut so, das erspart uns die magenpumpe.

am abend kommt doktor Leibundgut wieder zu Carla. mama schickt mich hinaus. ich bleibe hinter der geschlossenen tür stehen.
sie hat den ganzen tag geschlafen, höre ich mama sagen.
und jetzt willst du mir wohl verraten, was du genommen hast, sagt doktor Leibundgut.
oh, sagt Carla, zwei Saridon, ich hatte kopfschmerzen.
zwei Saridon? fragt doktor Leibundgut, und seine stimme klettert in die höhe: zwei Saridon? verkohl mich nicht, mädchen, das sah nach bedeutend mehr aus.
wenn ich doch sage, sagt Carla.
doktor Leibundgut schickt mama, die medikamente zu zählen. ich gehe von der tür weg und höre noch, wie papa sagt: eine

überreaktion vielleicht ? schließlich ist sie medikamente nicht gewohnt.

Seit monaten steht eine große Kögelmeierschachtel unter dem küchentisch, und nach jedem einkauf legt mama etwas hinein: abwaschlappen, scheuerpulver, heliomalt, haferflocken, alles vom haushaltsgeld abgespart. das sparschwein haben wir noch zweimal ausgenommen, und viele zwanziger- und einige fünfziger-kässeli sind bis obenhin gefüllt.
papa zeigt uns auf der karte Senigallia. natürlich, Nellie, es ist nicht Rimini, aber gleich daneben. und die wohnung soll sehr schön sein.
mama seufzt und sagt: ich hoffe es, du weißt, ich habe nicht allzuviel vertrauen in den Mötteli.
komm, komm, Nellie, er hat mir versichert, daß es kein plumpsklo gibt, und von heizen kann diesmal wohl nicht die rede sein, schließlich fahren wir in den süden, dort müssen wir nicht mit einer seegfrörni rechnen.
anfang jahr war der Zürichsee zugefroren, und ich stolperte mit meinen grauen schlittschuhen auf dem unebenen eis herum. papa kaufte uns marroni, um die hände zu wärmen. ich fror entsetzlich, aber papa sagte, das müsse ich in kauf nehmen, so eine seegfrörni sei ein ereignis. dann kam der frühling, und das ereignis schmolz weg, doch wir haben fotos, auf denen das eis

und die kälte gut zu sehen sind. wir sind alle dick eingepackt, und mama trägt einen unmöglichen hut, eine art umgestülpte tulpe.

papa liest uns 'Herz' vor, damit wir uns ein bild von Italien und den menschen dort machen können. für sie sei eine mutter das allerwichtigste, und ganz wichtig sei auch die ehre. papa liest vor, und Kurti weint über den knaben, der sein leben läßt fürs vaterland. einmal hört Carla zu und sagt, das sei ja unerträglich, dieser heldenmut und diese sentimentalität, triefend sei es. und papa sagt mit bitterer stimme: das glaub' ich wohl, daß du davon nichts hältst, ehret die eltern und so. du nicht, ich weiß.
ich bin hin- und hergerissen. ich weiß, das Carla recht hat, daß das buch wirklich kitschig ist, und ich weiß auch, daß es nicht falsch ist, edle gefühle zu haben, und daß auch papa recht hat. ich höre weiter zu, und wenn Kurti schluchzen muß, verschlukke ich meine tränen und schniefe nur ein bißchen.

zu beginn der sommerferien fahren wir los. es ist eng im VW. Kurti sitzt in der mitte zwischen Carla und mir, weil er die kürzesten beine hat und die kardanwelle durch das auto geht und wenig platz bleibt für die füße. der VW hat den motor hinten, und deshalb geht die kardanwelle von vorne nach hinten, und hinten ist kein kofferraum. papa fährt und mama sitzt neben ihm,

zwischen den beinen die tasche mit dem proviant. das autodach ist vollbeladen mit koffern und schachteln.
die strasse ist stark befahren. berufsverkehr, sagt papa, die haben wenigstens eine ahnung von autofahren, nicht wie die sonntagsfahrer. er muß nur selten an die stirn tippen. irgendwo halten wir an und essen am straßenrand eingeklemmte und trinken sirup aus der feldflasche. papa reckt und streckt sich und sagt: Nellie, deine tour, ich muß fit bleiben für den Gotthard.
mama seufzt und setzt sich hinter das steuer. sie ruckt mit dem sessel, bis sie auf dem lenkrad klebt.
nicht so nah, Nellie, du hast ja kaum mehr platz zum lenken.
papa rutscht mit seinem sessel nach hinten, und Carla schreit auf, weil er ihr die füße einklemmt. mama läßt das auto an und gibt gas. wir schießen aus dem rastplatz, und papa sagt: hast du in den rückspiegel geschaut?
wenn mama schaltet, macht der wagen jedesmal einen sprung nach vorn. nur nicht die nerven verlieren, sagt papa, immer mit der ruhe. er lehnt sich zurück und summt das lied von den soldaten.
nicht singen, sagt mama, ich muß aufpassen. über ihre schulter sehe ich, daß sie siebzig fährt, achtzig.
langsam, Nellie, sagt papa, übernimm dich nicht.
fahre ich oder fährst du?
schon gut, schon gut.

der verkehr nimmt zu. mama muß bremsen und schalten, und der wagen ruckt und springt. dann kommen autos von rechts und von links, und mama dreht am steuerrad, und papa ruft: runterschalten. er zieht die handbremse, und mama tritt von einem pedal aufs andere. der wagen steht still.

abgewürgt, sagt papa. mama dreht den schlüssel und fährt langsam an. andere fahrer hupen und zeigen mit dem finger an die stirn.

beim nächsten parkplatz hält mama an und sagt: fahr du.

sie wechseln die plätze. Carla streckt ihre beine aus, und ich ziehe meine ein.

an der grenze müssen wir warten. mama steigt aus und raucht eine zigarette. wir haben glück und werden einfach durchgewinkt.

nicht auszudenken, wenn wir alles hätten auspacken müssen, sagt mama.

jetzt sind wir in Italien, sagt papa, schaut euch um.

ich schaue mich um, und es sieht anders aus als in der Schweiz und doch auch wieder nicht. die leute sind angezogen wie bei uns und gehen umher mit einkaufstaschen und kindern und hunden an der leine.

in Milano suchen wir das hotel, das uns herr Mötteli angegeben hat. wir fahren durch die stadt, und es wird langsam dunkel.

und der zuckerdom? fragt Kurti.

und papa sagt: also Nellie, rechts oder links da vorne?

mama beugt sich über die straßenkarte und sagt: ich glaube nicht, das heißt –

was heißt, du glaubst? sagt papa, rechts oder links? ich muß einspuren.

autos mit fremden kennzeichen überholen uns auf beiden seiten, und papa flucht und schaltet. irgendwann finden wir die pension, und Kurti fragt wieder nach dem dom. es ist zu spät, Kurti, vielleicht morgen.

Carla und ich bekommen ein zimmer mit bodenlangen tüllvorhängen in rosa und weiß. über dem bett liegt ein rosa bettüberwurf, und darauf sitzt ein große puppe in einem üppigen spitzenkleid. Carla steht versunken und sagt: hierher fahre ich auf die hochzeitsreise.

am morgen fahren wir wieder durch die stadt, und die autos fahren uns um die ohren. papa erklärt uns, daß tausend lire sieben franken seien. wenn ihr also einen preis seht, sagt er, müßt ihr drei stellen wegnehmen und den rest mal sieben rechnen. er gibt uns rechenaufgaben und schaltet und bremst, und plötzlich stehen wir vor dem dom. papa schimpft, denn er hat die autobahn gesucht.

trotzdem steigen wir aus. das ist gar kein zucker, sagt Kurti enttäuscht. der dom ist schmutziggrau, nicht weiß wie auf den bildern. trotzdem beeindruckt er mich. was hast du dir denn vorgestellt, Kurti, sagt papa.

beim eingang steht ein mann in uniform und sagt etwas zu Carla. wir verstehen kein wort. er zeigt auf ihre bloßen arme und schüttelt den kopf. Carla muß zum auto zurückgehen und eine jacke holen. mein gott, sind die hier heilig, murrt sie.
drinnen brennen kerzen, und leute bekreuzigen sich mit weihwasser. ich war noch nie in einer katholischen kirche und habe ein bißchen angst, weil mama immer sagt, daß man katholiken nicht trauen könne.

wir fahren weiter, und plötzlich breitet sich vor uns eine riesige fläche aus.
das meer, sagt papa mit einer geste, als ob er es uns schenken würde. mama zieht die luft hörbar ein, Kurti schreit auf: das meer. es glitzert und glänzt wie die silberfolie am christbaum. so groß ist die fläche, daß ich nicht unterscheiden kann, wo das meer aufhört und wo der himmel anfängt. wir fahren weg vom meer, und ich drehe den kopf, um durch die kleine heckscheibe das letzte zipfelchen zu sehen.
in Senigallia hält papa an und streckt einem jungen mann den zettel mit der adresse hin. der beginnt mit den händen zu zeigen und redet schnell in seiner sprache.
alles capito, sagt papa.
wir fahren nach rechts und nach links und müssen noch zweimal nach dem weg fragen. endlich ruft Carla: hier, via galeotti.

das haus ist einstöckig und weiß gestrichen. die vermieterin, frau Marena, führt uns in die angebaute garage. drinnen stehen tisch, gasherd und kühlschrank neben dem doppelbett. da wohnen die offenbar, flüstert mir Carla zu. frau Marena öffnet den eisschrank und füllt gläser mit kaltem wasser.
wir lösen die schnüre und nehmen das gepäck vom dach. papa schaut zu, wie mama, Carla und ich die schweren koffer und schachteln ins haus tragen. cuore, sagt er zu frau Marena und zeigt auf seine brust. cuore, wiederholt sie und nickt. sie nimmt Kurti hoch und küßt ihn und spricht auf ihn ein, und Kurti strampelt sich los. fast wie im buch, denke ich.
in der wohnung ist es kühl, und alles glänzt sauber. mama nickt: nicht schlecht. durch halbgeschlossene läden zeichnet die sonne lichtstreifen auf die plattenböden. rechts liegt das elternschlafzimmer, in dem ein breites bett steht mit einem kopfteil aus dunklem holz. darüber hängt ein bild der Maria mit dem jesuskind. sie ist sehr blond und in ein blaues tuch gehüllt, und ein streifen sonnenlicht fällt auf das dickliche jesuskind. das bild zeigt sich nochmals im großen schrank mit den spiegeltüren. an der dritten wand steht ein schmales bett. für Kurti, sagt mama. die betten sind zugedeckt mit hellblauen schimmernden dekken. auf dem doppelbett liegen zwei zierkissen mit spitzenrand.
die zweite tür rechts führt in die küche. fünf rohrstühle mit roten sitzflächen und roten lehnen stehen um einen roten küchen-

tisch, an der wand ein vierflammiger gasherd mit einer gasflasche, daneben ein chromstahllavabo und ein weißer schrank.
Carlas und mein zimmer liegt links vom gang. es ist klein, zwei betten übers eck gestellt, eine kommode mit marmorplatte. neben unserem zimmer ist das bad mit dusche, abort, lavabo und etwas, von dem papa sagt, es sei ein bidet. wir waschen abends darin den sand von den füßen.
va bene? fragt frau Marena bei jedem zimmer, das sie zeigt, und papa sagt: si, molto bene.

wir sitzen in der küche auf den roten stühlen. eine lehne hängt schief und eine sitzfläche ist lose. wir essen die restlichen brote.
und das meer? fragt Carla.
es kann nicht weit sein, sagt papa kauend, ein bißchen die straße hinunter.
wir ziehen die badeanzüge an und die kleider darüber. dann gehen wir los. nach zehn minuten sehen wir noch nichts vom meer, nach zwanzig auch noch nicht. nach gut einer halben stunde sind wir da. Kurti wirft die sandalen weg, schlüpft aus den kurzen hosen und dem leibchen und rennt los, springt über badetücher und ausgestreckte beine und rennt geradewegs ins wasser.
was hab' ich gesagt, sagt papa, das meer.
er verhandelt mit einem mann in weißen hosen und mit bloßem oberkörper und zieht geldscheine hervor. der mann führt uns zu

einem sonnenschirm in der fünften reihe, und papa sagt: der ist jetzt uns, und die beiden liegestühle auch, für zwei wochen uns. dann suchen wir Kurti und laufen den ganzen weg zurück.
ich bin todmüde.

jeden tag machen wir zweimal den langen weg zum meer, zweimal hin und zurück. wir tragen die luftmatratze und die pumpe, die handtücher und den fotoapparat, die bücher und zeitschriften. wir schleppen Kurtis teddybären und seine schaufeln, sonnenmilch, eine flasche mineralwasser und früchte. einige leute am strand haben eine kleine badehütte und können ihre sachen dort verstauen. kostet das dreifache, murmelt papa.
wir tragen unsere sachen zum strand und mittags wieder zurück und gegen vier uhr wieder hin. es ist zu heiß, um über mittag am strand zu bleiben. ein ei könnte man kochen im sand, sagt papa und verspricht Kurti, es eines tages auszuprobieren. schon gegen elf brennt der sand an den fußsohlen, und gegen zwölf ist er so heiß, daß ich die sandalen anziehen muß.
jeden morgen, wenn wir beladen die ferienwohnung verlassen, sagt mama: jaja, der Mötteli. und papa sagt: aber die wohnung ist doch in ordnung. oder: also direkt am meer hat er nicht gesagt.
nach zwei tagen leuchtet papas runder bauch wie ein rosa ballon. wie eine sau, flüstert mir Carla zu. papa bleibt morgens zu

hause im verdunkelten zimmer und salbt seinen bauch. er liest 'Matto regiert', und wenn er endlich fertig ist, darf ich es haben. mama und Carla haben es schon gelesen, und sie reden darüber, aber so, daß ich nichts verstehe. papa schmunzelt und mischt sich in die unterhaltung ein, aber Carla und mama sagen nicht, wer der mörder ist. wohl wie immer der gärtner, sagt papa, und mama und Carla wechseln einen schnellen blick. 'Matto regiert' ist eine art kriminalroman, aber keiner, den man in braunes packpapier einschlagen muß.
morgens, wenn wir ohne papa losziehen, sagt mama wie immer: jaja, der Mötteli. Carla macht frau Mötteli nach: also, frau Rast, sehr hübsch, dieses kleid, nur ein bißchen zu kurz, aber nur ganz wenig, aber sonst, wirklich hübsch. und sie, fräulein Rast, oder darf ich noch du sagen? das ärmellose steht dir wirklich, in deinem alter darf man das tragen, sage ich immer, aber für ältere frauen, es ist nichts so verräterisch wie die oberarme, an den oberarmen zeigt sich das alter einer frau zuerst, und natürlich am hals. wir kichern, und mama schaut besorgt ihre oberarme an, die aus dem ärmellosen frotteekleid gucken, und sagt: aber du meinst es nicht ernst, Carla.
ach wo denn, sagt Carla, ich zitiere doch nur frau Mötteli.

am strand streichen wir uns gegenseitig mit sonnenmilch ein, und mama legt sich auf das große badetuch. Kurti verschwindet mit schaufel und eimer. Carla pumpt die luftmatratze auf.

wie ist das eigentlich, Carla, solltest du nicht deine periode kriegen? fragt mama.
den Othmar? hatte ich doch gerade.
und keine blutige wäsche, und binden hast du auch keine gebraucht, erzähl das einer dümmeren.
wenn ich doch tampons genommen habe.
tampons? aber das kannst du doch gar nicht, du wirst doch nicht etwa, das können doch nur verheiratete frauen.
das meinst auch nur du, sagt Carla, du bist ja völlig hinter dem mond.
und wer hat dir die gegeben?
Mary, wegen dem baden, weißt du.
und du hast die wirklich benutzt?
aber sicher, sagt Carla und stöpselt die luftmatratze zu.

Carla wird von Enrico abgeholt, ihrem gigolo, wie papa sagt. Enrico ist mager, hat dunkle augen und dunkle locken und trägt eine rote badehose. wenn papa sagt: gigolo, sagt Carla: er heißt Enrico. und papa lacht und sagt: nimmt mich nur wunder, wie ihr euch verständigt, er kann kein wort deutsch und du fünf worte italienisch. wahrscheinlich ist die sprache der liebe eine andere. Carla rümpft die nase, und papa zählt an den fingern auf: sich tief in die augen gucken, händchen halten, küssen, das ist es wohl, was ihr treibt, ich hoffe doch wohl nichts anderes.

Carla nimmt ihr kleines gelbes wörterbuch und geht mit Enrico weg. mama guckt ihr nachdenklich nach.

papa liest im büchlein 'Der beredte Italiener'. vorne drin steht in steiler schrift: Albert Rast. das gehörte meinem bruder, sagt papa. er liest uns sätze vor aus dem teil gesprächsübungen: meine frau ist in den letzten tagen etwas unpäßlich gewesen, und: du, Marie, kommst mir aber etwas bläßlich vor. papa lernt die sätze auswendig. im kapitel mieten und vermieten findet er das wort aftermieter. da brate mir einer einen storch, sagt papa und gluckst vor vergnügen. wir können nur hoffen, daß unser aftermieter die pflanzen richtig gießt, sagt er. oder: wir hoffen doch sehr, daß unser aftermieter nicht sämtliche flaschen leertrinkt.
und dann kommt ihm in den sinn, daß wir hier auch aftermieter sind.

ich schlendere am strand auf und ab und halte mich fern vom dicken rohr, das die fäkalien, wie papa sich ausdrückt, ins meer führt. jaja, guck du nur, hat papa gesagt, unsere sind auch da drin. im meer draußen sehe ich Carla mit Enrico auf der luftmatratze. Kurti baut mit Sonny eine sandburg.
Drehers wohnen im haus neben uns. sie kennen sich aus, weil sie seit jahren herkommen. sie erzählen papa von einem billigen

restaurant, natürlich nicht grad am meer, und von einem ort, wo man wunderbar tanzen könne, eine richtige kapelle mit fünf mann, und eintritt koste es keinen.
Kurti und Sonny haben sich angefreundet. Sonny ist ganz kurzgeschoren, und frau Dreher erzählt, daß sie ihren Sonny immer anfangs und ende ferien zum haarschneiden schicke, weil es hier so billig sei. frau Dreher sieht ähnlich aus wie frau Mötteli, nur sind ihre haare heller, aber sie trägt auch viel klingelnden schmuck und schminkt sich. herr Dreher ist glatzköpfig und rundlich und klein, und mama sagt, das hätte sie nie fertig gebracht, einen mann zu heiraten, der kleiner sei als sie selbst.
ich schlendere am strand auf und ab. ein junge verstellt mir den weg und redet auf mich ein. ich verstehe nichts. er greift nach meiner hand, doch ich ziehe sie sofort weg. er gestikuliert, und ich sehe, daß er zum spielfeld zeigt. wieder nimmt er meine hand. ich bin unschlüssig. wenn mich mama sieht, denke ich. doch ich habe auch lust, mit ihm zu gehen. er steht neben mir, schaut mich an und wartet auf meine entscheidung. ich weiß nicht, was richtig ist. er zieht an meiner hand, und meine beine bewegen sich, und ich gehe mit ihm, ohne es wirklich zu wollen. auf dem spielfeld klatschen einige der jungen, als wir zusammen ankommen. ich kenne das spiel nicht, das sie spielen, und ich habe angst vor dem ball, den man mit der faust über ein netz schlagen muß. wenn der ball auf mich zukommt, halte ich meine hände auf den rücken, doch der junge, der mich ange-

sprochen hat, zeigt mir, wie ich mit der faust den ball schlagen kann. ich versuche es, und der ball springt weit. die jungen lachen und sagen: bella bionda, obwohl meine haare mausbraun sind. ich habe mich noch nicht daran gewöhnt, daß sie kurz sind. als frau Dreher vom billigen haarschneiden erzählte, sagte papa: also denn, so lassen wir sie halt schneiden. und anderntags führte mich frau Dreher ein paar straßen weiter in einen kleinen laden. ein lebhafter kurzbeiniger mann öffnete meine zöpfe und schnitt mir einen bubikopf. am strand ist es sehr angenehm, ich gehe ins wasser, und dann schüttle ich den kopf, und die haare sind schon fast trocken. aber wenn ich renne oder jetzt beim ballspielen fehlt mir das klatschen der zöpfe auf dem rücken. und wenn ich mich in einem schaufenster sehe, erkenne ich mich kaum.

diese jungen sagen bella bionda, und wir spielen zusammen. je mehr ich mich getraue, umso spannender wird das spiel. ich vergesse die zeit, und erst als Carla kommt und mürrisch sagt: ich suche dich seit einer stunde, merke ich, wie der sand meine fußsohlen röstet.

abends machen wir uns schön, und mama sagt zu Carla: also gut, ein bißchen lippenstift. wenn mama nicht hinsieht, tuscht Carla ihre wimpern. ich ziehe den rock an mit den quetschfalten und den streifen von lila bis rosa und dazu den lila pullover mit lochmuster. ich gucke in den spiegel über der kommode und gefalle mir. Carla sagt abschätzig: einen bh brauchst du wohl noch lange nicht.

ich gucke nochmals in den spiegel und gefalle mir etwas weniger.

papa tauscht die dächlikappe gegen den strohhut, und dann gehen wir zum lungomare und flanieren auf und ab wie alle anderen leute. mama und Carla kommentieren die kleider. papa sagt: und diese hier, angemalt wie eine flöte. und die da, ein vorbau wie die Gina Lollobrüstlida.

Carla sagt: ach hör doch auf, du siehst auch nur das.

und papa sagt: wenn die doch ihr holz vor der hütte so stolz vorführt.

dann zieht papa das portemonnaie, und wir dürfen eis kaufen. schleckend schlendern wir weiter und grüßen da und dort, weil wir vom strand schon viele leute kennen.

durch stillere straßen gehen wir wieder zurück. kinder spielen ball, und die leute sitzen vor den häusern. hier muß kein kind um acht ins bett, sagt Kurti.

aber nur im sommer, sagt papa, im winter, da sind alle kinder schon um sieben im bett.

mittags essen wir salat und aufschnitt oder ein birchermus. abends kocht mama und seufzt: es ist fast wie zu hause, nur daß manchmal kein wasser aus dem hahn kommt. frau Marena trägt wasser herbei, und papa sagt: wir müssen sparen, wer weiß, wann es wieder wasser gibt. nach einer stunde keucht der hahn, trübe tropfen fallen ins lavabo, und darauf schießt das wasser wieder klar heraus.

über mittag machen wir siesta, und danach müssen Carla und ich mama helfen beim putzen. Kurti verzieht sich mit Sonny, und papa liegt im bett und ruft hin und wieder, weil er etwas braucht. Carla putzt das bad und schimpft über den sand, mama nimmt die küche auf, und ich wische die schlafzimmer. papa ruft, und wir stehen um sein bett, und er sagt: keine angst, mir geht es gut. was haltet ihr davon, wenn wir heute abend richtig ausgehen?

ohne mühe finden wir das restaurant, das uns Drehers angegeben haben. papa studiert die ausgehängte speisekarte, guckt durch die offene tür und sagt: nein, das ist mir zu fein. und auch noch voller touristen.

wir gehen weiter, und bei jedem restaurant studiert papa die speisekarte. beim fünften restaurant ist keine karte ausgehängt. papa schaut hinein und sagt: das sieht gut aus.

die vollbesetzten tische sind mit weißem papier gedeckt, gläser und ein wasserkrug stehen darauf. merkt euch das, sagt papa, wo die einheimischen essen, ißt man gut.

papa verhandelt mit dem kellner und erklärt uns: es gibt einfach, was es gibt.

der kellner bringt teller mit hoch aufgehäuften spaghetti und einem kleinen klecks roter sauce, danach zähe schnitzel und kaltes gemüse mit essig darüber. ich säble an meinem fleischstück herum, und ein fettiges stückchen springt mir in den schoß. mama zerrt mich zu einem übelriechenden abort und versucht, den fleck auszuwaschen. ich schäme mich.
nach dem essen will papa kaffee bestellen, doch den gibt es nur in einer bar. also gehen wir in die nächste bar, und papa sagt: wir bleiben stehen, am tischchen kostet es gleich dreimal soviel. dann gehen wir ins das tanzlokal, das Drehers so gerühmt haben. fünf männer spielen, und fast alle tischchen um die kleine tanzfläche sind besetzt. im schummrigen licht entdeckt papa einen freien tisch, doch wir können uns nicht einmal setzen, schon werden Carla und ich zum tanz aufgefordert. ich bin froh, daß es schummrig ist und mein fleck auf dem rock nicht zu sehen ist.
der mann ist nur wenig größer als ich. seine hand glitscht feucht in meiner. er sagt kein wort, sondern zieht mich fest an sich, drückt immer fester seine hand gegen meinen rücken, führt mich immer näher zur dunkelsten ecke der tanzfläche. dann drückt er seine nassen lippen auf meine. ich schüttle den kopf und mache mich los. er gestikuliert und ruft mir nach, wie ich über die volle tanzfläche davonstolpere. papa steht sofort auf und sucht Carla. er zieht sie von ihrem tanzpartner weg, und wir gehen, ohne etwas konsumiert zu haben. Carla murrt und sagt,

ihrer sei ein kavalier gewesen, ich hätte ihr den abend verdorben.
was hat er dir getan? bestürmt mich Kurti, wollte er dein silberketteli stehlen?
papa lacht laut und sagt: wohl eher die unschuld, Kurti, und die ist für eine frau viel mehr wert als ein silberketteli.

ich liege auf dem bett und lese 'Matto regiert'. es ist sehr spannend und auch ein bißchen traurig. Carla sagt: du, Lettie, kannst du dir vorstellen, wie es ist, schwanger zu sein?
schwanger? frage ich und lasse mein buch sinken: ich weiß nicht.
die frau, die vom sonnenschirm nebenan, die ist sicher schwanger, sagt Carla.
aber die ist doch noch ganz jung.
du weißt doch, was mama von den Italienerinnen sagt. die ist sicher schon achtzehn.
und mit achtzehn schon schwanger, sage ich ungläubig.
tu nicht so, Lettie, du weißt genau, wenn eine frau den Othmar hat, kann sie auch schwanger werden.
Carla hat recht, das weiß ich, aber ich kann es mir trotzdem nicht vorstellen.
ich frage mich, sagt Carla und läßt den satz in der luft hängen.
was?

einfach, wie das wohl ist. ob sie verheiratet ist oder nicht.
wenn sie schwanger ist, ist sie sicher verheiratet, sage ich, aber woher willst du überhaupt wissen –
Lettie, du bist doch immer die gleiche, nur weil mama sagt, eine frau tut es nicht vor der heirat, heißt das noch lange nicht, daß es keine frau tut.
aber woher weißt du, frage ich nochmals.
das sieht man doch, hast du denn keine augen im kopf? immer sitzt sie im liegestuhl und trägt dieses lächerliche weite kleid mit rüschen, nie geht sie an den strand, und er bringt ihr alles hin, getränke und früchte und belegte brote.
vielleicht ist sie krank.
ausgeschlossen. schwanger ist sie. aber sie trägt keinen ehering.
dann ist sie nicht schwanger, sage ich.
Carla seufzt tief auf: du bist wirklich unmöglich.

ich gucke Carla an, die nackt auf dem bett sitzt. ihre haare stehen hinten vom kopf ab, weil sie toupiert sind und Carla daraufgelegen hat. die sonnenbräune steht ihr gut, sie ist nur da weiß, wo ihr bikini die haut bedeckt. itsi bitsi tini wini, honolulu strandbikini, singt papa, wenn er Carla im bikini sieht. ich trage einen ganzen badeanzug, der schalen hat für die brüste. wenn ich mich auf den bauch lege, sind nachher die schalen eingedrückt, weil ich nichts habe, das sie ausfüllt. ich schäme mich in meinem badeanzug und trage meistens eine bluse darüber.

wie stellst du dir denn schwanger sein vor? frage ich.
ich weiß nicht, ein riesentheater wohl.
wieso denn?
meinst du, mama und papa würden sich freuen?
aber sicher, sage ich, also natürlich später, wenn wir verheiratet sind.
Carla gibt keine antwort. sie starrt die wand neben der kommode an.
oder glaubst du nicht?
was?
daß mama und papa sich freuen würden.
vielleicht ja, vielleicht nein.
sie sagt das seltsam, zögernd.
mama sagt, daß die meisten männer nur das eine wollen. und daß es an der frau liege, den mann zurückzuhalten. weil, sagt mama, eine frau viel mehr zu verlieren habe als ein mann. und ein mann, sagt mama, der das vor der heirat von einer frau verlange, der liebe sie nicht richtig. aber schuld sei immer die frau, die sich nicht zurückgehalten habe. und auch die schande treffe sie allein. doch wenn nun eine frau überzeugt ist, er liebe sie richtig – der gedanke nistet sich ein in meinem kopf. ich will ihn wegdenken, doch er läßt sich nicht vertreiben.
hast du wirklich tampons gebraucht? frage ich Carla.
ach wo denn, sagt sie.
aber dann hast du den Othmar gar nicht gekriegt, sage ich.

eben nicht, sagt sie.
und warum nicht…
was weiß ich, sagt Carla, vielleicht einfach so, vielleicht auch aus einem anderen grund.
ich starre sie an. es ist ganz und gar unmöglich, daß Carla – ich will es nicht denken und es aussprechen schon gar nicht.
wenn ich schwanger wäre, sagt sie, würden sie mich umbringen.
aber du bist doch nicht, sage ich leise.
was weißt du schon, sagt Carla, aber eines sage ich dir, das bleibt unter uns.
aber du bist doch nicht, wiederhole ich.
nein, sagt sie bestimmt, ich bin nicht. weil sie mich umbrächten, ganz sicher. und da würde es auch nichts nützen, daß du mit dem messer auf papa losgehst.
ich bin nicht mit dem messer auf ihn losgegangen, ich hatte das messer einfach in der hand, weil ich doch das seidenpapier schneiden mußte.
aber nützen würde es nichts, beharrt Carla.
und denkst du, mama glaubt das mit den tampons?
aber sicher. hast du noch nicht gemerkt, daß mama immer das glaubt, was sie glauben will? der kannst du doch angeben, was du willst. oder umgekehrt: sie glaubt dir auch die wahrheit nicht, wenn sie etwas anderes im kopf hat. wenn sie glaubt, daß ich mit einem jungen weg war, dann kann ich sagen, was ich will,

sie hört mir gar nicht zu. und wenn ich mit Mary ausgehe und ihr angebe, ich sei mit Fred gewesen, glaubt sie es sofort. und jetzt will sie das mit den tampons glauben, also sag ich ihr nicht, daß der Othmar nicht gekommen ist.
aber du bist doch nicht wirklich? frage ich.
wer weiß, sagt sie, und überhaupt, ob nicht auch mama und papa vor der ehe, mama betont immer, wenn man verlobt sei, sei es etwas anderes. ich würde wirklich gern wissen, was sie damals taten.
aber doch nicht mama und papa, sage ich. bestimmt nicht.
sie guckt mich an mit einem mitleidigen blick: du bist so weltfremd, Lettie, sagt sie. du vergräbst dich zu sehr in deinen büchern. und wie gesagt, das bleibt unter uns.
ich nicke.
Carla betrachtet ihre beine. die haare sind schon wieder nachgewachsen, sagt sie.
sie steht auf. kommst du?
mir ist kalt, sage ich und schlüpfe unter das leintuch. die angst kriecht meinen rücken hinunter. in meinem kopf streiten sich die gedanken. es ist nicht möglich, weil es unmöglich ist. und doch könnte es sein, aber es darf nicht.
vielleicht bin ich krank, sage ich.
möglich, sagt Carla und zieht ihren bikini an.

mama schließt nach dem beten die schlafzimmertür, und Carla springt aus dem bett. Enrico hat mich zu einem fest eingeladen, du kannst auch mitkommen, flüstert sie.
aber, sage ich.
nichts aber, komm mit oder bleib hier.
sie zieht sich hastig an. ich gucke ihr zu und weiß nicht, was ich tun soll. mitgehen ohne erlaubnis ist nicht richtig. aber hierbleiben und warten, bis Carla zurückkommt, kann ich auch nicht. ich müßte aufstehen und rufen: hallo, Carla will weggehen. und das kann ich auch nicht, weil das verrat wäre.
Carla steht vor dem kommodenspiegel und schminkt sich.
mach schon, drängt sie.
langsam stehe ich auf und ziehe mich an: den gestreiften rock mit dem fettfleck, den passenden pullover.
ich habe gefragt, sagt Carla über die schulter, aber er hat gesagt, hier wird nicht herumgehurt. also.
ich sage nichts.
komm mal her. sie zieht mich am arm zur kommode. du siehst wie ein schulmädchen aus, ich muß mich ja schämen mit dir. mach mal den mund auf, und die lippen über die zähne ziehen, ja, fester anspannen.
sie fährt mir mit dem lippenstift über die lippen.
und jetzt drück mal die lippen aufeinander. mhm, es geht.
ich gucke in den spiegel und komme mir fremd vor.
Carla öffnet die fensterläden und steigt über das fensterbrett. ich

klettere ihr nach und bleibe mit dem rock an einem nagel hängen. der stoff reißt.
ach du liebes bißchen, zischt Carla, du bist wirklich –
sie schiebt die läden von außen zu. ich zottle ihr nach und bin traurig. vorne hat mein rock den ausgewaschenen fleck, der noch immer zu sehen ist, und hinten den schranz.
wir gehen durch dunkle straßen bis zu einer garage, die voller junger leute ist. auf flaschen gesteckte kerzen brennen, einige stühle stehen an den wänden, am boden flaschen und gläser. das grammofon plärrt 'Lilli e il nome del cane di stoffa…'. dies ist der schlager, den wir überall hören, seit wir hier sind. ich drücke mich an die wand und verliere Carla im halbdunkel aus den augen. paare tanzen eng umschlungen, einige singen mit. ein junge nimmt mich am arm und zieht mich von der wand weg. wir tanzen. er hält mich fest und streichelt meinen rücken. dann küßt er mich auf den mund. ich drehe den kopf weg und werde ganz steif. kaum ist die musik zu ende, läßt er mich stehen. ich schiebe mich durch die paare und stelle mich wieder an die wand. ich beiße an meinem daumennagel herum. plötzlich zischt Carla neben mir: spinnst du, nägelbeißen wie ein kind, kein wunder, wenn dich keiner holt.
ist mir egal, sage ich und nehme den finger aus dem mund.
ich stehe an der wand und gucke zu. Carla tanzt mit Enrico. sie hat den kopf an seine schulter gelegt, und er hält sie eng umschlungen. dann wechselt die musik und jetzt tanzen sie offen,

Carla fliegt von seinen händen weg, dreht sich, und er fängt sie wieder auf. schön sieht Carla aus mit ihrem leuchtenden haar und den hochroten wangen. ein junge greift nach meiner hand. ich ziehe die hand weg und schüttle den kopf. er packt meine hand wieder und lacht mich an. es ist Renato, der mich vom strand weg aufs spielfeld holte. ich gehe mit ihm. die musik ist wieder leise und weich. er legt seinen arm um mich und seine wange an meine. wir wiegen uns im takt, ab und zu stehe ich ihm auf die füße. er küßt meinen hals, und es ist mir angenehm, es ist fast so, wie wenn Eliane und ich uns küssen. ich bin froh, daß er mich hält, weil meine knie zittrig werden. wir tanzen, und zwischen den tänzen läßt er mich nicht los. ich will es auch gar nicht. ein bißchen schäme ich mich, aber zugleich ist mir zittrig wohl. wenn mich papa so sähe, denke ich, und schon höre ich seine stimme: Klara, Lettie.
ich mache mich von Renato los, drehe den kopf und sehe seine massige gestalt unter dem garagentor. mir wird heiß. ich drücke mich durch die tanzenden zum tor. papa faßt mich beim arm und späht in das gewühle: und Klara? ich zucke die schultern.
Klara, herkommen, ruft papa nochmals. jemand stellt das grammofon ab. alle schauen zu uns hin. jemand lacht hoch und schrill. Carla löst sich aus der gruppe und kommt auf uns zu: ja? sagt sie und wirft ihren kopf zurück.
heimkommen, sagt papa. er läßt mich los und packt Carlas arm. er zieht sie mit sich zum auto. ich gehe hintendrein. ich weiß nicht, ob papa mich mit Renato gesehen hat.

auf der schwelle steht mama, und sobald wir nahe genug sind, gibt sie Carla eine klatschende ohrfeige. fürs erste, sagt sie.
ich sehe zum erstenmal, daß Carla gleichgroß ist wie mama.
zwei uhr, sagt papa, zwei uhr nachts, und du bist erst siebzehn. und die Lettie –
marsch ins bett, sagt mama.
ich krieche ins bett, und Carla sagt schläfrig: aber schön war es doch.
ich kann lange nicht einschlafen. ich muß an Renato denken und an papa und daran, was ein anständiges mädchen darf und was nicht.

beim frühstück hält uns papa einen vortrag über gehorsam und ungehorsam und loyalität.
und grad du, Lettie, wenn du so anfängst, dich stecken wir früher in eine erziehungsanstalt als diese da. papa zeigt mit dem kaffeelöffel auf Carla. so lange lassen wir uns nicht mehr auf der nase herumtanzen. verstanden?
ich nicke und kann nichts sagen, weil ich einen kloß im hals habe.

Wir sitzen in der küche. papa hat die läden geöffnet, und kühle abendluft füllt den raum. mama lackiert sich die zehennägel mit Carlas nagellack. probier's doch mal, hat Carla gesagt, und mama zögernd, mit einem schnellen blick auf papa: meinst du? und papa sagte lachend: versuch's, Nellie, und wenn es häßlich ist, kann man das zeug, soviel ich begriffen habe, wieder wegmachen.

gedichte über das meer, sagt papa und fängt gleich an: wann kommen wir drei wieder zusamm'?

um die siebente stunde beim brückendamm, fällt Carla ein, aber wie es weitergeht, weiß sie nicht.

ich sage Nis Randers auf und kann es auswendig bis zum schluß, dann fange ich an mit John Maynard und stocke nach dem ersten vers.

so ein kitsch, sagt Carla.

sag das mal deinem ehemaligen deutschlehrer, sage ich, dem gefällt das, das müssen wir alles auswendig lernen.

ich verschweige, daß mir bei diesen gedichten ein schauer über den rücken rieselt und mir die kehle eng wird.

ich weiß, sagt Carla, mußten wir auch. aber am seminar lernen wir ganz andere sachen. sie wirft den kopf zurück und beginnt zu singen: ja, das meer ist blau so blau, und das geht alles seinen gang, und wenn die chose aus ist, dann fängt's von vorne an… ja, das meer.

papa nickt: Brecht, 'Dreigroschenoper'.

Carla schüttelt den kopf: 'Happy End', nicht 'Dreigroschenoper'. das ist wohl das einzige, was du kennst von Brecht.
sie streiten ein bißchen herum, aber faul und ungefährlich. mama hebt den linken fuß auf den leeren stuhl und taucht den pinsel ins nagellackfläschchen.
es klopft an die küchentür, und bevor jemand herein ruft, öffnet sie sich. frau Dreher steht da und hält Kurti fest an den trägern seines unterhemds. Kurti schnieft und hält seine brille in der hand. mit spitzer stimme sagt frau Dreher: ich störe nicht gern, aber wissen sie eigentlich, was ihr sohn da mit meinem Sonny treibt? wenn ich nicht aufpassen täte, sie würden ja nicht einmal etwas merken, wenn vor ihren augen – sie schüttelt Kurti hin und her. ihr schmuck klingelt.
lassen sie ihn los, sagt papa, sofort.
frau Dreher schaut papa an und läßt zögernd Kurtis unterhemd los.
komm her, sagt papa.
Kurti geht langsam ein paar schritte auf papa zu. papa lächelt. Kurti stellt sich neben ihn, und papa legt ihm die hand auf die schulter.
also, frau Dreher, sagt papa, worum geht es eigentlich?
sie haben mich schon verstanden, sagt frau Dreher, hinter dem haus hab ich ihn erwischt –
offenbar nicht allein, sagt papa, ihr Sonny wird auch nicht so ein unschuldslamm sein.

frau Dreher schnappt hörbar nach luft. sie dreht sich auf den absätzen um und bemerkt giftig: das lasse ich mir nicht bieten, sie werden noch hören von mir.
sie schlägt die küchentür zu und klingelt davon.
angemalte kuh, sagt papa.
worum geht's eigentlich? fragt Carla.
das werden wir gleich wissen, nicht Kurti?
der schneuzt sich und setzt die brille wieder auf.
papa zieht ihn zwischen seine knie: jetzt sag mal, Kurti, ihr habt gespielt, du und der Sonny?
Kurti nickt.
und dann hatte einer die idee, die zipfelchen anzugucken?
er, sagt Kurti, er wollte meines sehen.
und dann habt ihr die hosen runtergelassen und euch angeguckt?
Kurti nickt.
also Kurti, dann hast du jetzt ja gesehen, wie der Sonny da unten ausschaut, und er hat dich gesehen. jetzt braucht ihr das nicht wieder zu tun. logisch?
Kurti nickt.
logisch, nicht? wiederholt papa.
logisch, flüstert Kurti.
dann geh und wasch dein gesicht.
Kurti verschwindet im badezimmer, und papa lehnt sich zurück: keine ahnung von kindern, die angemalte ziege.

mama schraubt das nagellackfläschchen zu und sagt: du meinst wirklich, das genügt?
sicher, sagt papa, je mehr aufhebens du von so einer geschichte machst, umso interessanter wird sie.
er wird doch nicht etwa, sagt mama.
woher denn, doch nicht der Kurti.

ich denke an Eliane und den zungenkuß. ich hoffe, man sieht mir nichts an.

Wir werden Ravenna sehen und Venedig, sagt papa, ein bißchen kultur gehört auch zu den ferien, nicht nur faulenzen.
wir haben weniger gepäck als beim herfahren. die haferflocken haben wir gegessen, das waschmittel und die seifen sind aufgebraucht. dafür haben wir die große puppe, die Kurti gewonnen hat. papa hatte lose gekauft an einem stand. für das Rote Kreuz, sagte er, da muß ich wohl großzügig sein. Carla gewann eine halskette aus farbigen glasperlen, die sie gleich mir schenkte, und Kurti drückte die frau hinter dem tisch eine riesenpuppe in die arme. sie hat schlafaugen und festgeklebte haare und trägt mehrere unterröcke mit spitzen. eine zum aufs bett setzen, sagte mama, nicht zum spielen. Kurti ließ die puppe nicht mehr los. er taufte sie Lilli, wegen des schlagers, den hier alle singen.

diese riesenpuppe soll nun mit dem teddybären auf den rücksitz. Carla und ich weigern uns, weil es so schon eng genug ist. Kurti heult, und mama sagt, er müsse sich entscheiden: teddybär oder Lilli. Kurti entscheidet sich für den bären, und Lilli wird eingepackt.
wir verabschieden uns kühl von Drehers und herzlich von Signora Morena.
da wäre auch noch Verona, sagt papa, der balkon, auf dem Julia stand, als ihr Romeo ein ständchen brachte, und natürlich die arena. aber das sparen wir uns auf für nächstes jahr, und Innsbruck auch.

die heimfahrt zieht sich lange hin, trotz der unterbrechungen in Venedig und Ravenna. es ist nicht mehr die rede davon, daß mama fahren soll. Kurti beginnt zu quengeln, und Carla sagt ihm vor: es war einmal ein mann… ich, ich, ruft Kurti und sagt auf: es war einmal ein mann, der hatte einen zahn, in dem zahn war ein loch, in dem loch ein kästchen, im kästchen ein zettelchen, darauf geschrieben stand: es war einmal ein mann…
papa übertönt ihn mit seiner lauten stimme: nicht jeder furz läßt einen triller – Schiller. nicht jede frau ist eine flöte – Goethe, nicht jede flöte ist aus messing – Lessing.
Albert, sagt mama.
ist aber so, sagt papa, nicht jede frau –
das vom soldaten, bettelt Kurti, und mama sagt auf: ein soldat

mit s-pitzen s-tiefeln s-tand auf einem s-pitzen s-tein, s-tand und s-taunte s-tundenlang s-till und s-tumm die s-terne an.
sie stößt leicht an bei jedem s. ich werde bei diesem vers immer etwas traurig. ich stelle mir den soldaten vor, wie er einsam auf dem stein steht, und er friert, und die stiefel drücken ihn. vielleicht wird ihm auch schwindlig von den vielen sternen.
dann singen wir das lied von den soldaten, und so nähern wir uns Zürich.
es wird zeit, seufzt mama. und Carla sagt: wie es wohl Johnny geht?
die Rosa wird schon geschaut haben, sagt papa, und der aftermieter auch.

papa steigt die treppen hinauf, die hände auf dem rücken. er zieht den atem zischend durch die zähne, das tönt wie pfeifen. im zweiten stock setzt er sich hin und bleibt lange sitzen. wir tragen das gepäck hinauf. Kurti ist vorausgerannt und bestürmt tante Rosa: eine puppe mit schlafaugen, Lilli heißt sie. mama muß sie gleich auspacken.
jaja, sagt mama und wischt sich den schweiß von der stirn. alles in ordnung, Rosa?
sicher doch, sagt tante Rosa. gesund seht ihr aus, toll. und du Lettie, kurzhaarig steht dir aber gut.
und ich kann italienisch, schreit Kurti, alte tante, alte tante, weißt

du was das heißt? gleichfalls heißt das. alte tante, alte tante. singend springt er ins speisekämmerchen, um seinen plüschaffen zu begrüßen.
dann kommt papa und ist grau im gesicht. er geht ins schlafzimmer und legt sich aufs bett. schuhe ausziehen. decke über ihn breiten, fenster öffnen, nitroglyzerin, alkoholwickel und einen nassen lappen auf die stirn. das ist das eine. das andere ist das warten. aufgereiht stehen wir am fußende des bettes und hören den mühsamen atemzügen zu. soll man doktor Leibundgut anrufen? braucht er ein zweites nitroglyzerin? und wenn er stirbt? stehen und warten. und mama beugt sich über papa und sagt: geht's? papa nickt ganz leicht. und sie sagt: nitro? und er nickt wieder. sie schiebt ihm die kapsel zwischen die zähne. wenn er die kapsel nicht mehr aufbeißen könnte, wenn er ohnmächtig würde vor schmerz und aus atemnot, dann müßte eine von uns die kapsel aufbeißen und sie ihm in den mund legen.
nach einer viertelstunde wird der atem regelmäßiger. papa öffnet die augen und sagt: du, Marie, kommst mir heute etwas bläßlich vor. wir kichern, und er schließt die augen wieder. ich erneuere den alkoholwickel und den lappen auf seiner stirn.

dann schlüpfe ich aus der wohnung und renne die zwei stockwerke zu Eliane hinunter. ich klingle, und Elianes mutter macht die tür auf: Eliane wird erst in einer woche zurück sein, sagt sie, es gefällt ihr so gut, darum will sie noch bleiben.

bei den großeltern? frage ich.
du wirst es wohl noch eine weile aushalten ohne sie, sagt frau Mandel und schließt die tür. langsam steige ich die treppen hinauf.

wir essen pellkartoffeln, und der zimmerherr kommt, um uns zu begrüßen.
der aftermieter, flüstert Carla.
und der herr mister Rast? fragt er.
er ist müde, sagt mama.
sehen sie nicht toll aus, Hörbert? sagt tante Rosa.
ich gucke auf und sehe mamas erstaunten blick.
yes, yes, sagt der zimmerherr und geht in sein zimmer zurück.
also wirklich Rosa, mußte das sein? fragt mama.
ach, sagt tante Rosa, so zu zweit allein, vierzehn tage.
hast du ihm wenigstens beigebracht, keine perlonhemden mehr zu kaufen?
wieso denn, sagt tante Rosa, die sind doch praktisch für einen junggesellen.
und die zukunft der glätterei ist dir egal, sagt mama.
hör mal, Nellie, kaum von den ferien zurück, und schon fängst du wieder an. ich lebe mein leben, daß du es nur weißt, und zwar so, wie ich will.
und heißt er wirklich Hörbert? fragt Carla.
das ist halt englisch, sagt tante Rosa.

aha, sagt mama und zieht die unterlippe zwischen die zähne, so ist das.

am samstag kommt onkel Max und muß zuerst Lilli besichtigen. er lobt meine frisur und sagt, die sonnenbräune stehe uns allen gut, vor allem mama. papa zieht ihn ins herrenzimmer.
Italien, sagt papa, das ist ein land, sag ich dir, aber Venedig ist nicht halb so schön, wie du dir vorstellst, schäbige gondeln und mürrische gondoliere und tauben, sag ich dir, tauben, alles ver – pardon, ist aber so, alles voll. und die preise, unglaublich, was die sich einbilden, wir fuhren zwar mit dem öffentlichen boot, dem mit einem motor, aber dennoch, ein halbes vermögen, sag ich dir.
und onkel Max nickt und sagt: und vom weltgeschehen, hast du da auch etwas mitgekriegt? stell dir vor, sie haben einen vertrag unterzeichnet, einen vertrag, der folgen haben wird.
interessant, sagt papa, und weißt du, was eine tasse kaffee kostet auf dem Markusplatz? runde fünf franken, ohne witz, fünf franken.
einen atomstoppvertrag, jetzt ist nur noch die frage, ob sich die Russen auch wirklich daran halten.
nächstes jahr fahren wir wieder hin, sagt papa, die Nellie war ja so begeistert, weißt du, jetzt hat sie doch einmal das meer gesehen.

doch wenn sie sich dranhalten, sagt onkel Max, wird es so schnell keinen krieg mehr geben.
wer spricht denn von krieg, sagt papa, der Kennedy hat doch auch die Kubakrise gemeistert, der wird das schon deichseln. fotos habe ich gemacht, die Nellie auf dem Markusplatz, und der Kurti mit tauben auf dem kopf und den schultern.
onkel Max zündet sich eine zigarette an. weil sie im herrenzimmer sitzen, reklamiert papa nicht.
übrigens, sagt onkel Max, ich habe mich entschlossen, ich gehe weg. meine wohnung ist das reinste gruselkabinett, seit, mhm, seit die Loni weg ist, und ich halte das nicht aus. ich fange irgendwo neu an. was hältst du davon?
weißt du, daß die Rosa mit dem zimmerherrn angebändelt hat? sagt papa, Hörbert nennt sie ihn, nicht etwa Herbert, sondern Hörbert, weil sie meint, das sei englisch.
weggehen, sagt onkel Max, und irgendwo ganz neu anfangen.
überleg dir das gut, sagt papa, schließlich bist du auch nicht mehr der jüngste.

am sonntag sind wir bei den großeltern zum mittagessen eingeladen. großpapa öffnet die tür und legt den finger an den mund: leise, flüstert er, sie liegt mit kopfschmerzen im bett.
mama geht mit großpapa in die küche, und wir setzen uns in die stube.
und jetzt? fragt Kurti.

jetzt warten wir, sagt papa.
Carla gähnt: ach gott, ist das langweilig.
papa steht auf und sucht im buffet das schnippschnapp. wir spielen und lachen, Kurti schreit laut schnapp, und großpapa kommt und schimpft: könnt ihr denn keine rücksicht nehmen auf eure großmutter?
papa steht auf und geht in der stube hin und her. Carla und ich decken den tisch. wir setzen uns zum essen hin. großmama taucht auf im geblumten morgenrock und mit aufgelösten haaren.
mein kopf, sagt sie, ausgerechnet heute. hast du fertig gekocht, Nellie?
mama nickt und zieht einen stuhl für großmama heran.
ja, so ein bißchen nehme ich schon, sagt sie, nur wenig, es ist mir doch immer so übel, wenn ich migräne habe, du weiß es ja, Nellie.
hast du die kopfschmerzen von der frau direktor? fragt Kurti.
wie bitte? fragt großmama.
nein, nein, Kurti, sagt papa hastig.
wovon sprichst du eigentlich? fragt mama.
vom buch, das uns papa vorgelesen hat, sagt Kurti, da hat die frau direktor immer kopfschmerzen, aber sie hat gar keine, sie hat gelogene kopfschmerzen.
schöne bücher liest du deinen kindern vor, sagt großmama spitz.

das war doch ‘Pünktchen und Anton’ von Kästner, sagt papa, das ist ein einwandfreies kinderbuch.
großmama schöpft sich zweimal und ißt alles auf. Carla schaut mich an und zieht die augenbrauen hoch.
schön braun seid ihr geworden, sagt großpapa.
ferien, seufzt großmama, jaja, ferien, das hätten wir uns nie leisten können, nicht wahr Konrad, immer nur arbeit, arbeit und nochmals arbeit.
ich kann schwimmen, verkündet Kurti.
nie nur einen einzigen tag, sagt großmama, früher, da wollten wir nicht so hoch hinaus.
im restaurant waren wir, sagt Kurti, und den zuckerdom haben wir gesehen, aber der ist gar nicht aus zucker.
nobel muß die welt zugrunde gehen, sagt großmama.
papa steht auf und sagt, er müsse mal. er kommt lange nicht zurück.
verdient er denn jetzt besser, Nellie? fragt großpapa, und mama sagt: es reicht immerhin.
aber dich schickt er immer noch in die glätterei, sagt großmama, und dafür hoch angeben mit ferien in Italien.
du weißt ja, Letties lunge, sagt mama und beginnt den tisch abzuräumen.
papa schlägt vor, das gröseli zu besuchen, er habe sie schon lange nicht mehr gesehen.
wir gehen regelmäßig, sagt großmama, nicht wahr, Konrad, regelmäßig, nicht einfach, wenn es uns gerade paßt.

wollen wir? fragt papa und schaut mama an.
sie zuckt die achseln: wenn du meinst, aber letztes mal hat sie mich nicht einmal erkannt, ich weiß gar nicht recht, was ich da soll.
ich gehe nicht hin, sagt Kurti, einmal hat sie behauptet, ich hätte ihre uhr gestohlen, aber das war gar nicht wahr.
denn halt nicht, sagt papa. er schiebt den stuhl vom tisch weg und legt den einen fuß über das knie, mit den fingern trommelt er auf dem oberschenkel herum.
bei euch bestimmt also der jüngste, sagt großpapa. sieh mal an, das kommt wohl von den gescheiten kinderbüchern.
papa steht so hastig auf, daß der stuhl umfällt: wir gehen, sagt er, mir kommt grad in den sinn, der Max und ich wollten ja noch den match hören.

Carla und ich gehen zu bett, und mama setzt sich auf meine bettkante. wir beten, und dann nimmt mama meine hände und guckt sich die nägel an: ich weiß wirklich nicht... morgen kaufe ich dir eine neue tinktur.
ich ziehe die hände weg und verstecke sie unter der decke.
mama geht langsam zur tür, dann dreht sie sich um und setzt sich zu Carla. wäre es nicht an der zeit, daß du den Othmar kriegst?
noch nicht ganz, sagt Carla.

wann genau hattest du ihn denn letztes mal?
Carla fährt hoch: ich sag's doch, in den ferien, gleich am anfang.
lüg mich nicht an, sagt mama.
ich lüge nicht, sagt Carla.
ich kann dich nicht zwingen, sagt mama, aber eines sage ich dir, morgen mache ich einen termin aus, und dann gehen wir zum arzt. dann werden wir ja sehen, was los ist.
ich gehe zu keinem arzt, sagt Carla.
und ob du gehst, sagt mama, und wenn ich dich an den haaren hinschleifen muß.
mama seufzt. sie sieht klein und müde aus. ich gucke schnell wieder weg.
jaja, sagt sie im aufstehen, wenn mir die augen zugehen, gehen sie euch auf.

in der nacht träume ich von der eisernen jungfrau, doch diesmal ist sie viel größer als sonst, ich kann mich bewegen in ihr. trotzdem ist es gefährlich. ich muß aufpassen wegen der spitzen stacheln, kann mich nicht drehen wie ich will. und plötzlich stehe ich in der stube, und die eisernen spitzen wachsen aus der vitrine, aus dem klavier und dem buffet.

Carla wird nun jeden abend verhört.
wann hattest du die letzte periode? bist du überhaupt noch jungfrau? mit wem warst du zusammen? war es dieser Fred oder

wie immer er heißt? hast du auch mit diesem gigolo? bist du schwanger oder nicht?
Carla schweigt.
sie schweigt und gibt keine antwort auf all die fragen. mamas stimme überschlägt sich, papa beginnt zu schreien. Carla schweigt. seit sie die tabletten geschluckt hat, schlägt papa nicht mehr zu. Carla brauchte eine ganze woche, um sich zu erholen. doktor Leibundgut glaubte nicht an eine überreaktion auf zwei Saridon. sie hat mehr geschluckt, sagte er, da bin ich mir sicher. mama sagte, sie könne das nicht verstehen, es fehlten höchstens zwei oder vielleicht drei Saridon. da gäbe es wohl andere wege, meinte doktor Leibundgut, vielleicht habe sie das ganze geplant. aber dazu müßte es wohl einen starken grund geben. mama sagte: wir können uns gar nichts vorstellen, und papa meinte: höchstens liebeskummer.

Carla lehnt am türpfosten, und mama und papa wechseln sich ab mit fragen. Carla zuckt die schultern. dann dreht sie sich um und will hinausgehen, und papa schreit: du bleibst hier. sie zuckt wieder die schultern und lehnt sich mit verschränkten armen an den türpfosten.
ein straßenmädchen haben wir aufgezogen, Nellie, sagt papa, eine dirne, um es gerade heraus zu sagen, eine, die für jeden die beine breit macht, jawohl, so eine, und du Klara, schämst du dich überhaupt nicht? hast du keinen anstand im leib?

papa und mama besprechen sich mit onkel Max, und der sagt: ich würd' mich nicht so aufregen, heute ist nicht gestern. die jungen mädchen gehen nicht mehr jungfäulich in die ehe.

aber ein uneheliches, sagt mama, diese schande überlebe ich nicht.

und papa sagt: du hast gut reden, du bist ja ein ganz großer erzieher mit deiner erfahrung.

hast ja recht, sagt onkel Max, ich hatte nicht lange gelegenheit, erziehungserfahrung zu sammeln.

'tschuldigung, sagt papa.

so alt wie die Lettie wär' er jetzt, sagt onkel Max.

manchmal fragen sie mich aus.

was weißt du, Lettie, dir sagt sie doch alles, komm, sag schon.

ich schüttle den kopf, sage, daß ich gar nichts wisse. papa spricht wieder von falsch verstandener loyalität und vom erziehungsheim.

denn mit dir warten wir nicht, bis es soweit ist, daß du es grad weißt, da greifen wir vorher durch. und die da, die kommt in ein heim für ledige mütter, da kann sie ihr kind zur welt bringen, eines, von dem sie selbst nicht weiß, wer der vater ist.

der arztbesuch wird hinausgeschoben. mama sagt, sie warte noch ein paar tage, vielleicht komme Carlas Othmar doch noch.

Carla hat hausarrest für den rest der ferien und darf nur mit Kurti und mir hinaus. wir gehen ins Letzibad und Carla sagt: um fünf bin ich wieder hier.
ich spiele mit Kurti bis um fünf, und sie kommt zurück von irgendwo.
seid ihr die ganze zeit zusammen gewesen? fragt mama. ich nikke, und sie sagt: lüg mich nicht an. wo war Klara?
ich sage: ich weiß es nicht.

Weil Carla nicht hinaus darf, kommt Mary zu uns, um mit ihr zu lernen. Mary ist gut in physik und kann die kompliziertesten aufgaben lösen. ich gehe mit Kurti ins Letzibad. als wir heimkommen, sind Mary und Carla im badezimmer und waschen sich gegenseitig die haare.
hast du das gehört von Annegret? sagt Mary, sie kommt nicht zurück in die schule nach den ferien.
warum denn das? fragt Carla.
ihre eltern haben sie in ein internat gesteckt.
ausgerechnet Annegret, sagt Carla, die ist doch ein muster an anstand.
alles nur fassade, sagt Mary, mit einem lehrer habe sie angebändelt, deshalb.
und woher weißt du das?
unsere väter sind doch in der gleichen partei, weißt du. und

mein vater sagt, diese geschichte habe dem den hochmut etwas genommen. und den lehrer will Annegrets vater auch von der schule haben, weil Annegret noch minderjährig ist.
mit wem hat sie denn? fragt Carla.
mit dem aushilfslehrer, sagt Mary, dem geografielehrer.
oh, sagt Carla, mit diesem häßlichen kleinen zwerg. die Annegret ist ja auch keine schönheit, aber trotzdem.
jetzt spülen wir die haare mit bier, sagt Mary, das macht, daß die frisur gut hält nachher.

am ende der ferien bekommt Carla den Othmar. ich sehe es, weil am morgen ihre pyjamahose blutig ist. ich atme auf. am abend ist wieder verhör, und ich lausche und denke: jetzt muß sie doch sagen, daß es nicht wahr ist. Carla schweigt.
mama kommt zum beten. sie setzt sich jetzt immer auf mein bett, und oft vergißt sie, die decken einzustecken und uns den gutenachtkuß zu geben. Carla kommt vom abort, und mama sagt: wieso hast du einen frischen pyjama angezogen mitten unter der woche? einfach so, sagt Carla und schlüpft ins bett. mama schaut sie an, dann steht sie auf und geht ins bad. jetzt guckt sie in den kessel, denke ich.
mama kommt zurück und schaut auf Carla hinunter: du hast die periode.
ja, sicher, sagt Carla gähnend.

und hast nichts gesagt.
ist doch meine sache, wenn ich den Othmar kriege. du sagst ja auch, daß es nichts ist, worüber man spricht.
mama dreht sich um und geht hinaus.
gebetet wird heute nicht. ich kann lange nicht einschlafen.

endlich kommt Eliane zurück von den ferien. wir sitzen bei ihr und trinken kalte ovomaltine. ich möchte ihr von Carla erzählen, von dem schrecklichen, von dem ich nicht sicher bin, ob es wirklich so schrecklich ist. ich wüßte gerne, wie Eliane darüber denkt. auch von den ferien will ich ihr erzählen, und von Renato. ich beginne mit Ravenna, weil ich das von Carla nicht über die lippen bringe und auch das mit Renato schwierig zu erzählen ist. ich zeige ihr die ansichtskarten, die wir in Ravenna gekauft haben.
all die mosaik-bilder, du kannst dir das gar nicht vorstellen, die ganzen kirchen sind voll davon, böden, wände und auch die decken, vor allem die decken. wie die wohl all diese kleinen steinchen da oben hinklebten? und irgendwer mußte eine vorstellung davon haben, wie das aussehen wird, verstehst du, wenn ich nämlich nahe heranging an eine wand, dann sah ich nur farbige flecken, und erst wenn ich zurücktrat, zeigte sich das bild. mir wurde richtig schwindlig. und in jeder kirche haben wir uns etwas gewünscht, etwas besonders schönes.

kann man in katholischen kirchen wünschen? fragt Eliane.
da gibt es wasserbecken, so eine art brunnen, und wenn du da geld hineinwirfst, darfst du dir etwas wünschen.
und was hast du dir gewünscht?
och, sage ich, allerlei.
ich kann ihr nicht erzählen, daß Carla mich anstupste und flüsterte: ich habe mir den Othmar gewünscht. und von meinen wünschen kann ich schon gar nicht reden. so vieles ging mir durch den kopf, was ich möchte und wünsche. mir war so schwindlig von all den bildern. fast wie sternenangst war es, fast wie wenn ich in den himmel gucke und mich die unendlichkeit schwindlig macht.
auch Venedig war schön, sage ich, aber nicht so schön wie in dem großen buch, das uns papa zeigte.
wir sitzen schweigend und trinken unsere ovomaltine. dann sagt Eliane: ich gehe weg.
und plötzlich weiß ich, daß ich mir das gewünscht habe in der kirche, als ich ein zehnlirestück ins wasser fallen ließ: weggehen.
wieso denn, du, und wohin? frage ich.
ich gehe mit meinem cousin nach Israel in einen kibbuz.
und die schule?
sie zuckt die achseln: ich kann auch dort zur schule gehen. in einem kibbuz, weißt du, da leben und arbeiten alle zusammen, das ist wie eine große familie.

ich starre sie an. Eliane spricht aus, was ich kaum zu denken wagte. weggehen. aber sie kann mich doch nicht einfach hier zurücklassen. doch ich traue mich nicht zu fragen: und ich?
sie zeigt mir ein heft mit seltsamen schriftzeichen. das ist hebräisch, sagt sie, mein cousin hat mir stunden gegeben, weil in Israel, da reden sie hebräisch.
ich schaue die schriftzeichen an, die eher unserer geheimschrift gleichen als der schrift, die wir schreiben und lesen.
und deine mutter?
sie weiß es noch nicht, sagt Eliane, aber ich gehe, das schwöre ich dir. ich will mithelfen, das land aufzubauen, und es wird niemals mehr judenverfolgung geben.
sie hat leuchtende augen und guckt durch mich hindurch. ich stehe auf und trage mein glas in die küche.
tschüs schatz, sage ich. wir sagen uns immer schatz, wenn niemand zuhört.
heute sagt Eliane: tschau Lettie.

mama hat geburtstag, und papa sagt, das muß gefeiert werden. er lädt uns alle zum abendessen ein. aber kein restbrot, sagt Carla, und papa sagt, es gäbe einen haufen leute auf der welt, die froh wären, wenn sie überhaupt ein restbrot bekämen.
vom parkplatz gehen wir zum restaurant. es ist ein milder

abend. Kurti findet eine kastanie, die noch in ihrer schale steckt. er schält sie, doch sie ist noch ganz weiß. aber bald gibt's reife, sagt Kurti, werden wir wieder tiere basteln? papa nickt. er hat letztes jahr mit Kurti einen ganzen zoo gemacht aus kastanien und streichhölzern, doch nach ein paar tagen wurden die tiere schrumplig, und mama warf sie weg. Kurti hüpft auf dem pflaster und singt: alte tante, wir machen einen zoo, alte tante. und mama summt: 'Lilli e il nome del cane di stoffa', und papa sagt: nächstes jahr fahren wir wieder hin.

wir essen kalbsbraten mit pommes frites und erbsen und karotten, und papa sagt: na, ist das besser als restbrot?
das war ein schöner geburtstag, sagt mama, aber das schönste geschenk wäre, wenn ihr alle gesund würdet.
ich weiß, daß ich nächste woche wieder untersucht werden soll, und vielleicht muß ich dann zur kur. ob es dort auch erbsen und karotten aus der büchse gibt? zu hause gibt es das nie, weil wir das eingemachte essen müssen.
papa sagt zur serviererin: was macht das zusammen, wenn ich es sofort bezahle? sie verzieht das gesicht, und ich denke, daß sie diesen spruch schon oft gehört hat.
wir gehen zum parkplatz, und nach einigen schritten sagt papa: ich muß mich setzen. er setzt sich auf ein mäuerchen. mama sucht in seiner jackentasche nach dem nitroglyzerin und schiebt ihm die kapsel in den mund. papa stützt die arme auf die knie

und atmet schwer. mama legt ihm die hand auf die schulter. wir drei stehen daneben und wissen nicht, was tun. zu hause kann ich ihm wenigstens einen alkoholwickel machen.
ein mann und eine frau gehen vorbei. sie hat sich bei ihm eingehängt und dreht sich nach uns um. besoffen, flüstert sie ihrem begleiter zu, laut genug, daß wir es hören können, stockbesoffen, die arme frau.
mama wird rot. dumme kuh, sagt Carla, selber besoffen.
es geht schon, keucht papa, es geht schon.
bleib nur sitzen, sagt mama, was gehen uns die leute an.
andere paare gehen vorbei, und mama dreht sich weg, um sie nicht ansehen zu müssen. endlich steht papa auf, er schiebt die finger in den hemdkragen. er lockert die krawatte und öffnet den obersten hemdknopf. er stützt sich schwer auf mama. wir gehen hintendrein, und Carla sagt: er sieht wirklich besoffen aus.
eine frau blickt uns mitleidig nach. Kurti dreht sich um und streckt ihr die zunge raus.
mama fährt nach hause, und papa sagt gar nichts, wenn der wagen bei jedem schalten nach vorne springt.

In dem brief, den ich vom durchleuchten nach hause bringe, steht nichts von schatten auf der lunge, sondern verdacht auf tuberkulose. mama seufzt: auch das noch. papa erzählt wieder

von seiner zeit in Leysin. dort habe er so gut gegessen, darum sei er heute so dick. doch sei so eine kur gar nichts gefährliches.
vielleicht muß ich zur kur, sage ich zu Carla. hast du ein glück, sagt sie, dann bist du wenigstens den zirkus hier los.
mama verbietet mir, Kurti zu küssen, wegen der ansteckung.
mit dem brief muß ich zu doktor Leibundgut. nur nichts überstürzen, sagt er, so schlimm sieht die sache nicht aus. dennoch soll ich zu einem spezialisten gebracht werden.
mama begleitet mich. der arzt hört mich vorne und hinten ab und macht ein röntgenbild von meiner lunge. die arztgehilfin sticht in meinen arm und zieht eine spritze voll blut aus mir heraus.
papa geht jede woche zu doktor Leibundgut, und dort wird ihm jedesmal blut genommen für eine untersuchung, die quick heißt. der quick zeigt, wie dick oder wie dünn das blut ist. papa muß dünnes blut haben, damit es besser durch die engen gefäße fließen kann. samstags geht papa hin, und montags ruft er an, und die arztgehilfin sagt ihm: der quick ist fünfundzwanzig, oder: der quick ist dreißig. und je nach dem hat doktor Leibundgut tabletten verordnet. die arztgehilfin diktiert, und papa wiederholt: 1, 1/2, 1, 1/2.
jeden abend nimmt papa die rosa tabletten genau nach vorschrift. papa ist nicht der einzige, der jeden samstag hingehen muß für den quick. er kennt die anderen gut, weil sie zusammen warten müssen und sich ihre krankheiten erzählen. sie haben

einen klub gegründet, den quick-klub, und jeder, der hingeht, um den quick bestimmen zu lassen, legt etwas in die gemeinsame kasse. die ist bald voll, sagt papa, und dann machen wir ein riesenfest, alle quickler mit ihren frauen und doktor Leibundgut natürlich.
nach einer woche fahren mama und ich wieder zum arzt. ich würde eine kur empfehlen, sagt er, aber zwingend ist es nicht. dennoch, das röntgenbild ist nicht ganz sauber, und die blutwerte sind an der grenze.
mama und ich sitzen in der straßenbahn, und mama neben mir schluckt und schluckt. ich gucke sie an. sie wischt sich über die augen. ich könnte ihre hand nehmen, doch ich tue es nicht.
wer entscheidet nun, ob ich zur kur muß oder nicht? frage ich.
was weiß ich, sagt mama, wir werden sehen.
trotz papas erzählungen kann ich mir die kur nicht vorstellen. ich habe verschwommene bilder im kopf von liegestühlen auf terrassen. lesen, denke ich, vielleicht könnte ich da den ganzen tag in ruhe lesen. und abends kein warten, bis Carla heimkommt, und keine geheimnisse. mir kommt Eliane in den sinn und daß sie weggehen will ohne mich. dann sehe ich vor mir das große wasserbecken in der kirche, und ich schaue nochmals zu, wie mein geldstück langsam in die tiefe sinkt.
beim Bezirksgebäude stupst mich mama: aussteigen, Lettie, was träumst du auch. auf dem trittbrett bleibe ich stehen: ich will zur kur fahren, mama, sage ich.

die worte kommen einfach aus mir heraus, ohne daß ich sie sagen wollte und ohne daß ich weiß, ob ich das wirklich will. doch wie sie da in der luft hängen, zwischen mama und mir, weiß ich, daß sie stimmen.

mama dreht sich um: was sagst du da?

ich springe aus der straßenbahn und wiederhole: ich will zur kur fahren.

du willst zur kur, wiederholt mama langsam, so ist das. sie zieht die unterlippe zwischen die zähne. schweigend gehen wir nach hause.

papa steht unter der tür zum herrenzimmer: und?

sie muß hinfahren, sagt mama, der arzt meint, es sei sicherer.

ich sage nichts.

am nächsten tag bestellt mama in der mercerie gestickte namensschildchen. abends sitzt sie im herrenzimmer und näht sie in meine unterhosen.

Carlas klasse führt ein stück von Brecht auf, und Carla hat eine wichtige rolle. sie spielt die Grusche. ich höre sie ab und spiele den Simon, wenn sie sich treffen am fluß. Carla braucht alte, verwaschene kleider, und mama sucht im estrich und bringt einen alten rock. Carla guckt sich an im spiegel und sagt: schade, daß ich so daher kommen muß.

das glaub' ich wohl, sagt mama, daß du lieber ein flittchen spielen würdest.

am abend der aufführung hat papa einen herzanfall, und mama geht allein mit Carla, die ganz aufgeregt ist. bei der hauptprobe waren wir große klasse, der Simon und ich, sagt sie, ich bin ja so gespannt, was das richtige publikum meint.
toi, toi, toi, sagt papa und tut so, wie wenn er ihr über die linke schulter spucken würde. das ist bei theaterleuten so üblich, sagt er, so wie wir die daumen drücken. Kurti spuckt auch, aber richtig und trifft Carla mitten auf die bluse.
du schwein, ruft Carla und eilt ins bad.

papa und ich liegen im elternschlafzimmer und lesen. Kurti schläft in der stube. der verkehr summt leise durch das geschlossene fenster. papa dreht den kopf. einen apfel? fragt er. ich stehe auf und schäle ihm einen apfel, leere die flasche und fülle sein wasserglas.
dann krieche ich wieder unter mamas decke und nehme mein buch.
endlich hören wir den schlüssel im schloß, und papa sagt: jetzt bin ich gespannt –, und Carla stürzt herein und stößt hervor: Kennedy ist tot. sie hält papa ein extrablatt hin.
das gibt's doch nicht, sagt papa, unmöglich.
ein attentat, sagt mama noch in hut und mantel.

ein attentat, wiederholt papa, jetzt haben sie auch das noch fertig gebracht. jetzt gute nacht, da können wir uns auf einiges gefaßt machen.
er liest das extrablatt laut vor.
mama ist auf den bettrand gesunken. meinst du, daß es krieg gibt?
nicht auszuschließen, sagt papa.
Kennedy ist tot, wiederholt Carla, und tränen laufen ihr über die wangen. auch mich würgt es im hals.
wie steht's mit dem notvorrat? fragt papa.
etwas zucker wär' vielleicht gut, sagt mama.
morgen kontrollierst du, Nellie, man weiß ja nie.
und was passiert jetzt? frage ich.
tja, sagt papa, das wissen die götter, wie es jetzt weitergeht.

Wir essen fondue mit onkel Max und tante Rosa. auf dem buffet stehen aufgereiht die kastanientiere, die papa mit Kurti gebastelt hat.
ich schenk dir eines, onkel Max, sagt Kurti, du darfst auslesen, aber nicht den löwen.
papa schaut onkel Max von der seite an: da hast du dann wenigstens ein andenken, wenn du weg gehst.
oh, sagt onkel Max, ich glaube doch, ich bleibe hier. der Hörbert will ja zurück nach england, nicht wahr, Rosa?

ist das wahr? dann müssen wir uns einen neuen zimmerherrn suchen, sagt mama, aber diesmal keinen katholischen, das sag' ich dir, Albert.
das freut mich aber, daß du hierbleibst, sagt papa, ich habe mir schon überlegt, mit wem ich denn schach spielen soll.
Carla erzählt, daß sie eine sechs hatte im französischdiktat, und onkel Max sucht nach seinem portemonnaie und schiebt ihr einen zweifränkler über den tisch. du verwöhnst das mädel, sagt papa, und onkel Max sagt: eine gute leistung hat ihren preis.
dumm ist sie ja wirklich nicht, sagt papa, nur sonst.
reden wir nicht davon, sagt mama.
und du Lettie, fragt onkel Max, wie sieht das jetzt aus?
mama seufzt: nach neujahr fährt sie weg.
papa legt ihr die hand auf den arm und sagt: nimm's nicht so schwer, Nellie, besser als den kopf ab.
nimmst du es auch so schwer, Lettie? fragt onkel Max.
ich schüttle den kopf. tante Rosa sieht mich erstaunt an. in der plötzlichen stille höre ich papa schnaufen. ich schaue auf meinen teller. ich will ihre fragenden blicke nicht sehen, und auch nicht den verständnisvollen und neidischen von Carla.
soll ich euch einen witz erzählen? fragt Kurti in die stille hinein. also, da waren fünf männer, und die haben ein faß geputzt, und dann sind drei männer zum znüni gegangen, und dann haben nur noch zwei männer das faß geputzt.
erwartungsvoll guckt er in die runde. niemand lacht.

und dann, Kurti? fragt Carla.

den haben sie in der schule erzählt, sagt Kurti, und alle haben gelacht.

dann sollten wir wohl auch lachen, sagt papa, und plötzlich lachen alle. ich schaue auf und lache mit.

es ist doch ein guter witz, sagt Kurti befriedigt.